みょん illustration ぎうにう
U0025739
匿名拯救了
厭男美女姊妹後
會發生什麼事？
Vol. 1
Kadokawa Fantastic Novels

個人檔案

名字是 新條藍那。16歲 高一 生!

請叫我 藍那 ♥

是出生於 2 月 5 日的 水瓶 座，血型是 O 型!

兄弟姊妹有個 雙胞胎的姊姊 喔。

戀愛話題

Q有喜歡的人嗎？

隼人同學！

言語上的愛情表現……

少 ♡♡♡♡♥ 多

Q喜歡的類型是什麼樣的人？

勇敢且比任何人都溫柔的人。

自己覺得應該是……

或許是M ♡♡♡♥♡ 或許是S

Q想和那個人做什麼？

想要生下我們兩人的孩子……所以想要直接被○射♥

老實說……會覺得自己很「沉重」嗎？

或許不是 ♡♡♡♡♥ 應該很沉重……

個人檔案

名字是 新條亞利沙。16歲 高一 生!

請叫我 亞利沙 ♥

是出生於 2 月 5 日的 水瓶 座，血型是 O 型!

兄弟姊妹有個 雙胞胎的妹妹 喔。

戀愛話題

Q有喜歡的人嗎？

隼人大人……堂本隼人同學。

言語上的愛情表現……

少 ♡♡♡♡♥ 多

Q喜歡的類型是什麼樣的人？

溫柔可靠，會一直保護我們的人。

自己覺得應該是……

或許是M ♥♡♡♡♡ 或許是S

Q想和那個人做什麼？

想為他做的事情有很多。
想要隸屬於他……想要快點成為那個人的所有物。

老實說……會覺得自己很「沉重」嗎？

或許不是 ♡♡♡♡♥ 應該很沉重……

匿名拯救了厭男美女姊妹後會發生什麼事？

Vol. 1

みょん

illustration ぎうにう

Kadokawa Fantastic Novels

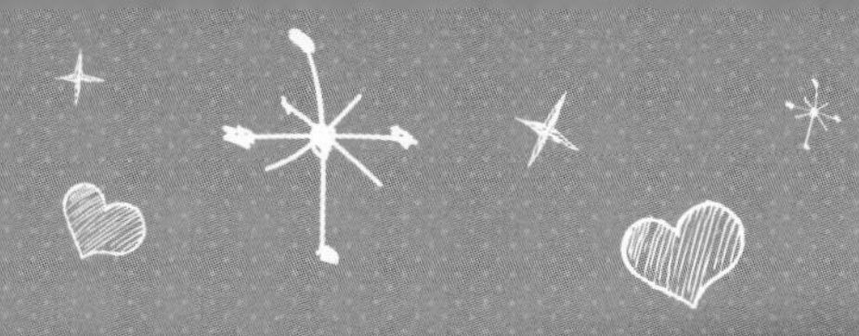

contents

story by Myon ／ illustration by Giuniu

序章

「萬聖節也快到了啊……」

十月也快要接近尾聲時，我為了要購買在萬聖節扮裝的必要道具而走在街上。

經常會在新聞上面看到有些扮裝的人因為禮儀不佳而被大肆報導，但是我並不打算鬧得那麼誇張，只是要和在高中混熟的一群朋友們悄悄度過。

「……真是的，都升上高中了，真不知道我們在做什麼。」

收在購物袋裡面的是用來戴的南瓜頭與會發光的玩具棒——通稱光劍。我瞥了那些道具一眼，隨即露出苦笑。

明明一開始還覺得很麻煩，回過神來我自己也針對該如何扮裝仔細思考了一番……雖說選的都是這類簡單的物品，可以和朋友們一起嬉鬧的話就很幸福了。

「不過話又說回來，那傢伙會做什麼樣的扮裝啊？我知道他是個宅男，可是他說會準備得相當正式……」

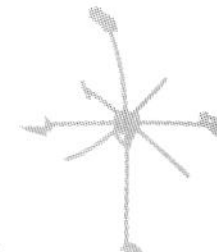

otokogirai na bijin
shimai wo namae
mo tsugezuni tasuketara
ittaidounaru

預定一起度過萬聖節的朋友包含我在內有三人，其中一人是個水準非常不得了的宅男，他對這類的扮裝好像完全不會含糊帶過，相當充滿了幹勁。

「萬聖節像這樣聚在一起還是第一次。既然是難得和朋友相處的時間，就好好地樂在其中吧。」

儘管起初沒什麼意願，活動像這樣確實地逼近就會感到雀躍，我也還是個孩子啊。雖然這是理所當然的就是了。

「好，回去吧。」

既然已經買到要買的道具，差不多該回去了。

「欸，爸爸！我想去野餐！」

「呵呵，聽起來不錯呢。老公，你覺得如何？」

「好！那我就請個特休帶你們去吧！」

我與看起來感情和睦的親子擦身而過，悠哉地走在回家路上。

稍微走了一段路後，我回頭望去，眼前已經沒有剛才那三個親子的身影。我嘆了口氣想說自己到底在做什麼，隨後再次邁出步伐。

「……咦？」

我單手拿著購物袋走著走著，此時目光不經意地朝向一棟房子。

「這裡好像是新條姊妹的家吧？」

新條姊妹──是在我上的那所高中就讀的雙胞胎美女姊妹。

兩人都擁有絕世美貌與身材，那些名不見經傳的偶像什麼的根本無法與她們相提並論。

因為是如此驚為天人的美女，她們被告白的次數早已不計可數……可是兩人拒絕了所有的追求者，這般厚實的防禦廣為人知。

那對美女姊妹住的房子再往前面一些就是我家，因為算是住在附近，我經常會和她們打招呼。

『早安。』

『早～』

因為住得近，遇見了就會互相打招呼。不過對象是這樣的一對美女姊妹，雖說只是稍微有過交談，會讓我覺得那天能夠好好努力，我也挺單純的。

「她們倆真的都是美女，而且母親也很有韻味……真是厲害的一家人。」

我像這樣思考著她們的事情，然而並非只是因為這樣就在意她們家。

「為什麼門全開啊？」

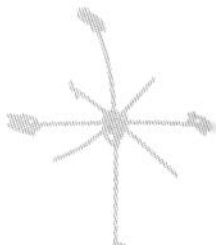

沒錯，新條家的玄關大門整個敞開，相當不自然。

我拿起智慧型手機確認時間，發現現在已經過了晚上六點。由於逐漸接近寒冷的季節，太陽也很早就下山了。

在這種狀況下，不僅大門很不自然地整個打開，家裡面也沒有點燈，實在太詭異了……儘管我認為自己身邊不太可能發生這種事情，討厭的預感不由得開始起作用。

「……該不會是遭遇強盜什麼的吧？不不不，怎麼可能有這種……」

我因為覺得不可能而露出苦笑，打算當場離開，可是我果然還是很在意，所以緩緩地靠近玄關。

「……………」

就算什麼事情都沒發生，還不巧撞見她們其中一人，到時也只要賠個不是就好。我抱著這種輕鬆的心情靠近後——聽見裡面傳來了男性的聲音。

「咯咯，姑且不論有沒有值錢的東西，倒是有一堆不錯的女人嘛。喂，小鬼們，如果不想看到母親死在眼前，就趕緊把衣服脫了！」

聽到足以震撼耳膜的聲音，我自然地將手放在額頭上。

（……真的假的啊。）

本以為絕對不可能發生的事情，似乎以最糟糕的形式應驗了。

為了不被對方發現，我小心翼翼地注意裡面的動向，同時慢慢移動，總算從庭院這邊偷窺到房子裡面。隨後映入眼簾的畫面是一個高大的男子用手抱住新條家的母親揉捏她的胸部，同時還催促新條姊妹快點脫下衣服。

（……下三濫的混蛋。）

我在心中狠狠罵了一句。

她們的母親流著眼淚，似乎因為過度的恐懼而無法出聲。相較之下，新條姊妹明明沒有被捉住，卻依然待在原地不動。

我住在這附近，所以知道新條姊妹家裡的父親很早就因為意外去世了。聽說在那之後姊妹兩人為了減輕母親的負擔，她們始終扶持著彼此。所以她們現在肯定在思考，無論如何都要救她們的母親吧。

「總而言之先報警……不過之後我能做什麼？」

我確認了一下自己手上的物品，手邊就只有才剛買來的光劍和南瓜頭套。

此時我再次瞥向家裡，新條姊妹已經遵照男人的指示脫得只剩下內衣了，現在一刻也不容我繼續耽擱。

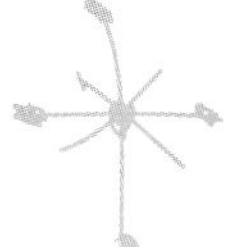

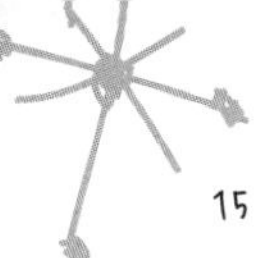

儘管從這裡看不到兩人的臉，她們應該感到很害怕……不對，肯定是那樣。

「……怎麼可以讓女性哭泣啊。」

我如此輕聲嘀咕，戴上了南瓜頭套。

從以前開始，我在要去做些什麼的時候都是像這樣遮住臉，反而更能發揮實力……雖然會覺得這種反差很莫名其妙，我國中的時候在劍道比賽裡也參加過全國大會，某種意義上這個理論已經獲得證實。

當時的同學也說過我遮住臉後無論個性與給人的感覺都會產生變化，但是這部分我就不太清楚了。

「好，上吧！」

由於那個疑似強盜的男性持有刀具，我本身很有可能因為牽扯進這件事而受傷。

反正就算為了明哲保身而逃離這裡也不會有人抱怨，應該也不會有人責怪我——可是，我沒辦法對她們見死不救。

「媽媽、爸爸……請借給我力量。」

我如此告訴身在天國的雙親，在通報警方之後往前踏出一步。

赤城高中一年級，堂本隼人……參上！

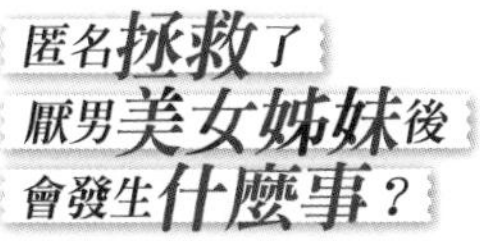

▼▽

「……唔！」

「姊姊……」

真的沒有想到……我真的沒有想到我們竟然會遇上這樣的事情。

就在萬聖節即將到來的十月底，我和妹妹一如往常地回到媽媽在等待的家中。

雖然我很在意玄關大門不自然地敞開，我和妹妹並沒有多想，就這樣走進了房子。

『……媽媽？』

『好黑……是怎麼了嗎？』

玄關有媽媽的鞋子，她應該已經回家了，可是家裡沒有開燈，這讓我和妹妹都感到匪夷所思。

『……咦？』

在教人害怕的寂靜當中，我們看到被一名壯漢用手臂束縛著的媽媽。

『怎麼，是女兒嗎？』

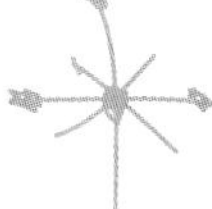

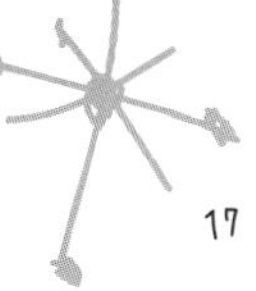

『妳、妳們兩個快逃！』

看到男子抵在母親身上的刀具，再加上母親要我們快逃……我們立刻理解這名男子是個強盜。

他為了不讓我們逃走而把刀具向著這邊，還威脅我們要是敢動一步就殺了媽媽。

我很害怕，不僅想要逃跑，更想大聲呼救……但是我更害怕自己若是離開這裡，媽媽就真的會被殺掉，腳因此動彈不得。

眼見我們停下動作，男子命令我們脫下衣服。我為了救媽媽，決定聽從他的要求。

「你真的會放開媽媽吧？」

「當然，只要妳們聽從我的命令。」

假如只要脫掉衣服，媽媽就能得救，那根本不算什麼。

我如此心想，脫下了衣服，隨後妹妹也脫掉了衣服，兩人身上只穿著內衣……那名男子看到我們的樣子，咧起嘴角露出了噁心的笑容。

「……所以說男人都是一個樣。」

從以前就是如此。

男人是低劣且野蠻的生物，我希望能陪在身邊的男性就只有已經過世的爸爸。

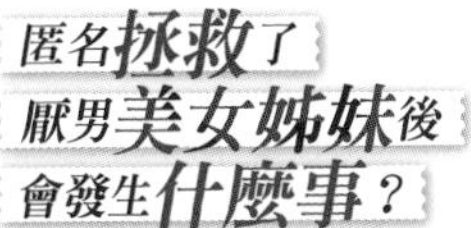

爸爸直到過世的最後那一瞬間都愛著媽媽，而且把我們視為寶貝女兒疼愛。

「咯咯，沒想到竟然能在我相中的家裡遇見如此標緻的美人啊。噢，在那之前先綁起來好了。」

男子將繩子扔向妹妹，命令她綁住我的手腳。

雖然現在才注意到，母親的手腳也被綁了起來，所以他想必打算如法炮製奪走我們的自由吧。

藍那一邊小聲地道歉一邊用繩子綁住我的手腳，接著她也被那個男子綁了起來，無法動彈——看來男子似乎把妹妹當成了最初的目標。

「住手！別碰我妹妹！」

如果要對妹妹還有媽媽出手，不如衝著我來吧。明明實際上怕到不行，我卻如此大聲地吶喊。

「閉嘴！等一下我再來應付妳，先給我安靜點！」

男人聽到我這句話後大聲怒吼，把刀插進地板。

眼見刀子發出悶響深深插進地板，媽媽與妹妹發出了微弱的慘叫，我也因為害怕而導致身體動彈不得。

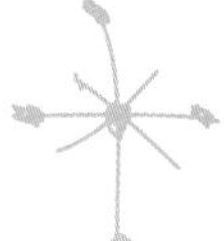

（為什麼……為什麼我們會遇上這種事？）

由於遇到這種不講理的對待，我不禁快哭出來……不，我已經流下了淚水。

到頭來，我們總是像這樣一直遭到命運不公平地對待，於是我放棄了……因為當初導致父親去世的那場意外，也是由於莫名其妙的理由所引起。

「可惡……可惡可惡可惡！」

我對什麼都辦不到、無力的自己，以及只能老實接受這種不幸的自己感到悔恨。

我緊握拳頭，指甲深深陷入皮膚之中，頓時感到疼痛。因為我的無能為力，妹妹即將在我的面前被這個邋遢男人的慾望染指。

面對這樣不公的命運，我流下斗大的淚珠。

「救救我們吧……」

那是極為細微的低喃。不管是誰都好，救救我們吧……當我如此祈禱時——

「咦？」

突然有東西發出聲響，滾到了客廳中央。那是原本放在玄關的網球。

「怎麼？網球？」

男人把手伸向滾來的網球，打算撿起來。

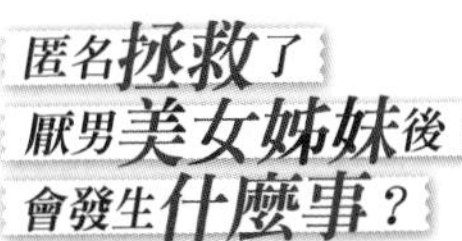

就在男人的注意力完全從妹妹身上移開的瞬間，有某個物體像是要抓準那一瞬間的機會般，以驚人的速度衝到了房間裡面。

「什、什麼——」

男人還來不及反應，一根散發紅光的棒子就狠狠地敲在他的肩上，發出沉重的聲響。

男人看起來很痛苦，刀子應聲落地。緊接著就像要趁勝追擊似的，又一擊打中了男子的腹部。

「呃噗……你是誰……！」

「……唔！」

「……南瓜頭？」

眼見突如其來的闖入者，無論是我、妹妹還是媽媽都紛紛倒抽了一口氣。

戴著南瓜頭套的某人俯視著蜷縮在地上掙扎的男子，這幕景象使我們有一瞬間忘記原本抱有的恐懼，被如此異常的景象搞得目瞪口呆。

從體格來看能夠看出這個人是位男性，然而為什麼要戴著南瓜頭套呢？

「我不管你的目的是當強盜還是強姦犯，不過你已經玩完了！」

頭戴南瓜頭套的男人說出這句話的瞬間，我聽到警笛的聲音慢慢靠近。

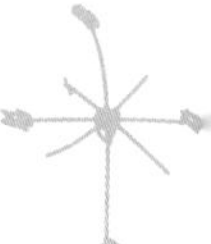

「啊……」

「得……救了？」

那個聲音確實讓我們感到安心。

為了以防蹲在地上的男子逃走，南瓜頭男子緊緊地綁住他的手腳，確保安全之後，也解開了我們身上的繩子。

「混蛋……放開我！」

「怎麼可能放開啊？犯罪者就老老實實地被繩之以法吧。」

從南瓜頭套的眼睛隙縫間透出的目光實在過於銳利，讓男人失去了原本的氣勢，變得一動也不動。

「來，穿上衣服吧。已經沒事了。」

「啊……」

聽到「已經沒事了」這句話，我們總算真正地感受到自己已經得救了。

我甚至忘記要穿上衣服，不由得放聲哭泣。妹妹見狀跟著大哭起來，媽媽也泣不成聲地抱緊我們二人。

「……真傷腦筋。啊，這裡正好有毛毯。」

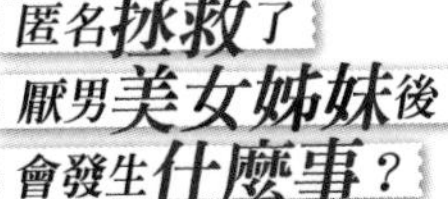

他拿起放在沙發上的毛毯靠近我們，把那個披在我們身上後就立刻退開。他這麼做應該是為了不讓我們感到害怕吧。

（……真是不可思議。我完全不覺得討厭。）

我從以前就經歷過不少事情，所以不擅長應付男性……不，應該說討厭。

不過眼前的他完全不會讓我覺得厭惡，不僅如此，他待在身旁甚至會讓我感到安心。

從南瓜頭套的隙縫間透過來的眼眸非常冷淡，銳利到能射穿一切。儘管如此，依舊能清楚地感受到他擔心著我們的那份溫柔。

「太好了。真的是……真的是太好了。」

他的聲音彷彿能讓我聯想到爸爸那樣，充滿著溫柔。

我感到臉頰開始急速地發燙，看來在我旁邊的妹妹也有同樣的感受，她愣在原地注視著南瓜頭先生。

這次的事件以那名男性強盜犯被逮捕劃上句點，差點遭到襲擊的我們一家都沒受傷。

雖說只是一瞬間，在那種差點放棄一切、窮途末路的狀況之下——拯救了我們的是一位頭戴南瓜頭的男性。

我……我們從中感受到了前所未有的命運。

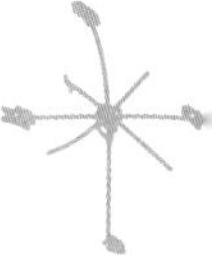

一、嘲笑覺醒女兒心的南瓜頭

otokogirai na bijin shimai wo namae mo tsugezuni tasuketara ittaidounaru

這是發生在我幫助新條姊妹與她們母親後隔天的事。

不管怎麼說，畢竟有強盜強行闖入家裡，甚至還驚動了警方，就算她們本人不打算聲張，謠言也會自然而然地傳開。

「我記得是在你家附近吧？」

「你家沒什麼事吧？」

剛到學校，我那群朋友便因為案發現場在我家附近而擔心我。

明明平常一起玩的時候每個傢伙都像傻瓜一樣，像這樣有事發生的時候還是會擔心我的安危，老實說他們的溫柔讓我很高興。

「雖然我也嚇了一跳，幸好新條姊妹平安無事。現在應該要為這個結果感到高興吧？」

朋友聞言紛紛點頭表示同意。

現在如此和我交談的兩位朋友是上了高中才認識的。儘管我們相識不到一年，感覺彷彿

已經相處了多年一樣，彼此有著深厚的友誼。

「不過，謝謝你們為我擔心，颯太、魁人。」

「嘿嘿，那當然啦♪」

「這是理所當然的吧？」

宮永颯太和青島魁人，他們兩人真的是我非常重要的朋友。

颯太是一個喜歡角色扮演的宅男；魁人則是肌肉發達，外表看起來有點像不良少年。雖然當初認識他們的契機，是由我主動和他們搭話而開始，沒想到我們的關係能變得像現在這樣親密，這點讓我由衷地感到開心，同時也感慨萬千。

「所以啊，昨天——」

「啊啊，對對對，關於那件事——」

在聽朋友們說話的同時，我回想起昨天的事情，不禁嘆了口氣。

「……呼。」

對我來說昨天發生的一切真的猶如怒濤般轉瞬即逝。

說到昨天後來怎麼樣了，就是我雖然綁住了那個男子，確保新條姊妹一家人的安全，然而抵達現場的警方看到我戴著南瓜頭套，頓時都啞然失聲。

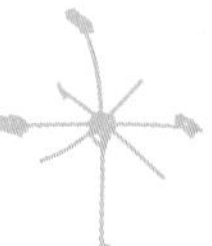

『……哪個才是嫌犯？』

『兩個都是？』

在討論著這種事情之前，我迫切地希望他們能快點抓住強盜，然而要是我站在他們的立場，確實也會說出同樣的話。

在這樣的現場戴著南瓜頭套的我就是如此突兀，某種意義上是一幅荒誕的畫面。

即使我是可疑人士，卻不是罪犯。雖然一開始連我都差點被警察帶走，新條家的人們袒護了我。

『這個人是我們的恩人！他絕對不是什麼怪人！』

『……可是他戴著南瓜頭套啊。』

我很感激袒護我的新條家人，同時也在心底對小聲嘀咕的警察表示抱歉。

由於遇到這樣的事件，到被釋放為止實在花了很長的時間，不過事件平安結束後，我也得以順利回家。

順帶一提，儘管警察已經知道了我的身分，新條家的三人從頭到尾都沒看到我的臉。畢竟在那種場合我實在不知道該做出什麼樣的表情，更重要的是，我也很擔心每次她們在附近或學校看到我的時候，就有可能會想起這起事件。

『能告訴我你的名字嗎……？』

『你是誰……？』

除了像是在向我求助而搭話的姊妹，她們的母親彷彿也在尋找一個值得依賴的存在。她們三人都伸出手，似乎不想讓我就此離開。儘管我內心感到不捨，依然從她們的眼前離去。

（該怎麼說，或許是因為那三人表現出來的情感，對於我來說負擔太重了吧。）

我確實想展現自己的男子氣概耍帥一下，而且被具有絕世美貌的女性求助，這種感覺也不壞，可是最終我什麼都沒告訴她們。

（不過她們兩人還是像往常一樣來上學，我覺得她們真的很堅強。）

因為發生那樣的事情，我本來希望她們暫時跟學校請假以治療內心的創傷，然而她們還是好好地來上學，這讓我覺得她們的心靈真的很堅強。

（不過，這和我已經沒什麼關係了。）

雖說我並不打算扮演正義的英雄，我不覺得我有賣她們人情，也不期待任何回報。只是單純幫上了她們的忙，對我來說這樣就已經足夠了。

即使發生那樣的事情，在學校的時間還是一如既往地流逝，轉眼間就來到午休時間。

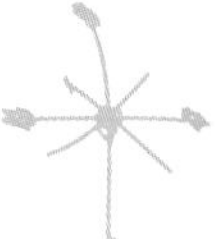

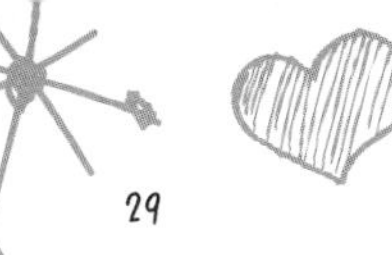

「那我們去吃飯吧！」

「好啊。」

「知道了。」

有些學生打開便當準備享用午餐，而我們走向學校的餐廳。

至於為什麼不帶便當呢？那是因為我父親很早就去世，在我上國中時，母親也因病去世了，我都在學生餐廳解決午餐。

「要吃什麼呢？」

「隼人，你要吃什麼？」

「應該是點生薑燒肉定食吧。」

我們點完餐後等了一會兒，接著把準備好的餐點擺在眼前，合掌致意。

「我要開動了。」

就在我打算立刻享用主菜的生薑燒肉時，學生餐廳突然嘈雜起來。

「好像是公主們來了喔？」

「她們還是一樣受歡迎耶。」

我聽著兩人的對話，把視線轉向學生餐廳的入口，隨即映入眼簾的是帶著兩名朋友的新

條姊妹。

她們擁有出類拔萃的美貌與姣好的身材，光是這樣就吸引了許多男生的目光。

話說回來，很難得看到她們兩人在學生餐廳用餐，恐怕是因為昨天突然發生了那種事，沒時間準備好便當吧。

「對我們這種人來說，就像只可遠觀而不可褻玩的高嶺之花啊。」

「就是啊。只要從遠處看就滿足了。」

不是啊，結果還是要看嗎？我如此心想，無奈地苦笑。

不過就像兩位朋友說的那樣，我真心覺得她們兩人很漂亮。

（即使不盯著看，也感受得到她們身上散發出來的氣場。這樣當然會受歡迎啦。）

首先是姊姊亞利沙，她將漆黑的長髮綁成辮子放在側邊，那對藍色眼眸帶著被譽為冷冽美女的冷酷，讓人印象深刻。聽說她鮮少放聲大笑，能看到她那樣的一面好像相當幸運。

接著是妹妹藍那，與姊姊不同，她的個性非常開朗，外表也比較搶眼，有點像是辣妹那種感覺。她有著明亮的褐色鮑伯頭，總是帶著豐富的表情，嘴上也掛著笑容，特徵是與姊姊的藍色眼眸形成鮮明對比的紅色眼眸。

（……她們真的同樣都是高中生嗎？不管看多少次，感覺水準都截然不同。）

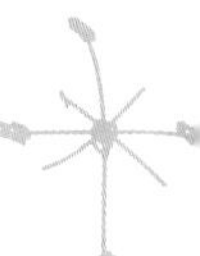

而兩人共同擁有的最極端特點，就是那近乎暴力般的絕佳身材。

「唔……」

不行、不行，一旦想歪了，又會想起昨天的景象。

當時我為了要解救新條一家人就豁盡全力，儘管我一直將注意力放在強盜身上，還是看到她們身穿內衣的模樣——所以無論是亞利沙同學還是藍那同學，連她們母親那豐滿的肉體都深深地烙印在我的腦海。

「就在這裡吃吧。」

「好啊。」

正當我想起在外面絕對說不出口的事情時，她們一群人坐在了我們附近的位置。

颯太與魁人默默地稍微移開他們的托盤拉開距離。雖然剛才還把對方掛在嘴邊，對於他們來說，這兩人真的是非常耀眼的存在吧。

「……嗯？」

雖說我沒有一直盯著看，還是不經意地和妹妹藍那四目相接。

說像鮮血一樣或許有點誇張，但是被她那深紅的眼眸看著，還是讓我相當心動。

「藍那？」

「不，沒什麼啦。」

可是，藍那同學很快就移開視線，不禁讓我鬆了一口氣。

與此同時我也意識到她果然對我這種人沒有興趣，雖然早就心知肚明，還是會覺得有些遺憾。

由於學校第一出名的美女姊妹坐在旁邊，颯太與魁人完全閉上了嘴巴，所以可以清楚聽到她們的對話。

「但是真的沒問題嗎？至少今天還是休息一下比較好吧？」

「真的不用擔心啦。我的情況比自己想像中還要好……這些全都要歸功於解救了我們的那個人。」

「要是至少把名字告訴我們就好了……哎呀～他真的很棒呢。」

儘管我聽到這番話後發出喀嚓一聲巨響，幸好只有在我旁邊的兩位朋友注意到。

「……呼。」

在那樣的情況下，我像是安心般呼出一口氣。

對她們來說，如果我當時再晚一步，可能會演變成無法挽回的結局，甚至會在她們心裡留下永遠無法消失的傷痕也說不定。然而，既然她們能夠像那樣露出笑容討論這件事，看來

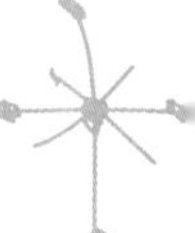

似乎不需要再擔心了。

之後我們默默地吃完午餐，起身離開座位。

「謝謝款待！」

「感謝！」

「……總覺得自己沒怎麼吃飽呢。」

你到底有多緊張啊？——我聞言後苦笑著說。

「話說我們換個話題吧。隼人，你在萬聖節買了什麼扮裝道具？」

「買了光劍和南瓜頭套。」

「……真沒創意耶。」

「少囉嗦。」

我又不像颯太那樣對這種事情那麼認真，有什麼關係！

再加上我也不太想在這種地方花錢……儘管外公有給我一些生活費可以自由使用，我不想過得太過奢侈。

由於午餐也吃完了，接下來就只要回到教室，但是我突然想上廁所，就讓他們先一步回去了。

「呼～」

我發出一聲明顯在放鬆的聲音並小便完，洗了手移動到走廊，這時有名出乎意料的人物進入到我的視線。

「……咦？」

「哼哼哼～♪哼哼哼～♪」

藍那同學望向窗外，同時一臉開心地用鼻子哼著歌站在那裡。

我想說她在廁所前面做什麼，不過女廁就在旁邊，這大概也沒什麼好奇怪的。

或許是因為我不該一直盯著看吧，她理所當然地注意到我，那雙深紅的眼眸隨即映照出我的身影。

「你好。今天天氣真好呢。」

「咦？是、是啊……天氣確實不錯。」

確實是個晴空萬里的好天氣。

「那就先這樣嘍♪」

「唔……好。」

她露出一個嫵媚的微笑向我揮揮手，然後回到了餐廳。

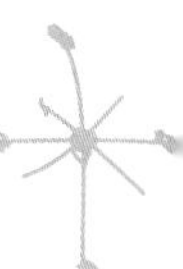

美女的笑容竟然具有這樣的破壞力，使我茫然地愣在原地。不過話又說回來，她在這裡做什麼啊？

「在餐廳與她四目相接時，她看起來對我完全不感興趣啊……嗯～？」

難道她對我有意思嗎！不不不，不可能、不可能。

該不會她知道我是那個戴南瓜頭套的男人了！不不不，這絕對不可能──我如此心想，不斷搖著頭。

「可是……她真的很漂亮呢。要是那樣的女孩是我的戀人，應該每天都會很幸福，不過這種事感覺就真的和我無緣。」

我嘀咕著這種顯而易見的事實，回到兩位朋友在等待的教室。

「我回來了。」

「歡迎回來。」

「你好久喔。大號嗎？」

「不是啦，只是發生了一點事情。」

順便說一下，我基本上每天早上都會排便，有著健康的身體。這樣的生活習慣可能會讓一些成年人羨慕，所以我稍微有點自豪。

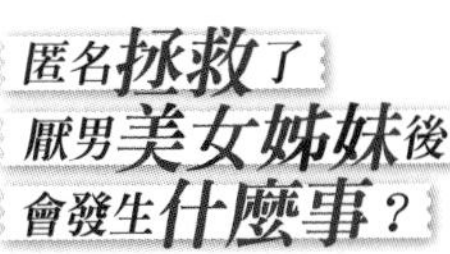

「話說第一次在那麼近的距離看到那對姊妹，她們的氣場未免太誇張了！」

「就是啊。難怪向她們告白的人總是絡繹不絕。」

他們兩人立即開始討論起新條姊妹。

我偶爾也會在上學路上遇到她們，但是也不過就那樣，在學校裡確實是第一次這麼近距離接觸也說不定。

畢竟她們和我們不同班級，而且就算是在其他合班上課的課程，基本上也根本沒有機會靠近。

「隼人，你覺得那樣的女孩子如何？」

「我？這個嘛，確實是美得讓人驚豔，要是能和那樣的女孩子成為情侶，應該每天都會很開心吧。」

「情侶啊？真好。感覺好像只能在夢裡實現。」

「別說得那麼悲觀啦。我們只要努力就能做到吧……不過我覺得要和那兩人交往是不可能的。」

我和魁人不禁覺得他說得有理，顫抖著肩膀笑了出來。

「該怎麼說，她們不僅是美女而已，看起來還充滿一種……莫名讓人著迷的魅力。」

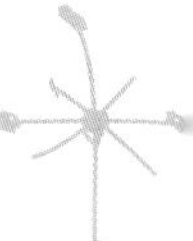

「啊～我懂你的意思！」

沒錯，她們不僅外表美麗，身上還散發著一種難以言喻的魅力。

畢竟她們外貌出眾，個性也很好的樣子，我認為她們在這方面也吸引了許多人。

（……不過關於姊姊，我聽說過她討厭男生之類的傳聞，實際上又是如何呢？）

雖說這是班上同學傳的八卦，我曾經聽說亞利沙同學比較不擅長應付男生。儘管我不知道那些傳言是真是假，要是經常被告白，自然會有這樣的想法吧。再加上昨天的那起事件，就算這個傳聞從模稜兩可的謠言變成事實也是無可奈何。

「喂～坐好～要開始上課嘍～！」

好啦，下午那令人昏昏欲睡的課程要開始了。

▼▽

我明白念書是為了在將來派上用場，而且也是用來開拓自己未來的重要事項，但是讓我說一句——我真的好想睡。

「呼哇……」

我朝天花板伸出手臂伸展身體，同時打了個大大的呵欠。

已經上完最後一堂課，接著只要回家就行了，不過朋友們邀請我去唱卡拉ＯＫ。

「抱歉，我今天還是算了。畢竟昨天才剛發生那種事。」

「也是啦。那我們下次再約你！」

「好好放鬆啊！有什麼事情要告訴我們喔？」

「知道了。謝啦。」

我知道他們邀請我出去玩，肯定是為了讓我忘掉昨天在家裡附近發生的那起事件，他們的這份心意讓我感到非常高興。

縱然這次拒絕了，週末還有萬聖節在等著我們，到時預定會在颯太家裡集合，所以我打算好好喧鬧享受一下。

我目送離開教室的兩位朋友的背影，想著自己也該回家了便走出教室。

「天氣有點變冷了，繞去便利商店買點暖和的東西……嗯？」

我像這樣一邊自言自語一邊走在走廊上，此時看到亞利沙被一個男生帶著走在一起。

他們兩人八成要前往屋頂吧。兩個男女、放學後、屋頂──從這三個關鍵字來看，沒有其他可能了。

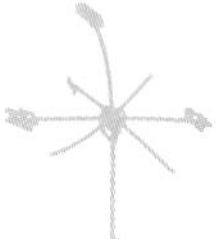

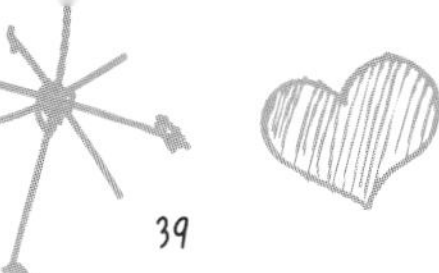

「要告白啊……昨天才剛發生過那種事，就饒了她吧。」

即使不清楚細節，那個男生應該也透過傳聞知道了大概的情況，所以我覺得起碼今天該讓她自己靜靜地度過才對。

帶走亞利沙的那個男生是隸屬於足球部的帥哥，我記得好像和她們姊妹兩人同班吧？假如不是發生那種事，我應該也會鼓勵他去告白，就這樣默默離開，我卻對亞利沙有點在意。

「真是的……不過這或許也是緣分吧。」

我不動聲色地跟在他們後面，接著發現他們去的地方果然是屋頂。

我完全是抱著湊熱鬧的心態出現在這裡，可是還是透過開啟的門縫看著他們這件事會如何發展。

我感謝這道不牢牢關上就會開著的老舊大門，同時豎耳傾聽。

「亞利沙同學，妳能跟我交往嗎？」

看吧，果然是告白。

雖然我和那個男生不同班，彼此完全沒有交集，我知道他很受歡迎。

我們班上好像也有不少女生說過他這個人很不錯，然而即使是這麼一個受歡迎的帥哥向亞利沙同學告白，她的回答依然簡潔有力。

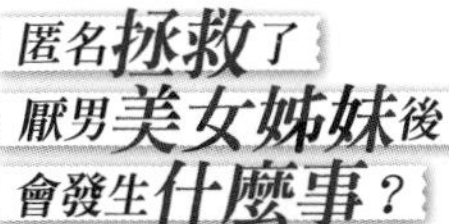

「對不起。我已經有心上人了，不能跟你交往。」

「咦……？」

「哇喔。」

與那個啞然失聲的男生不同，我興致勃勃地喊了一聲。

亞利沙同學從以前就一直拒絕所有人的告白，所以即使是這樣的帥哥，我也早就想過她會拒絕……沒想到她的態度會如此果斷。

「到底是誰啊？說亞利沙同學討厭男人的傢伙……不要散布謠言啊。」

應該是沒有能讓她心動的對象吧，果然任何事情都要眼見為憑呢。這就是所謂的百聞不如一見。

「可是也有可能是為了拒絕別人，才想出來的權宜之計……」

「不，其實那是真的喔。」

真的假的？那我還真是聽到了厲害的情報。

「……嗯？」

等等，我現在在和誰說話啊？

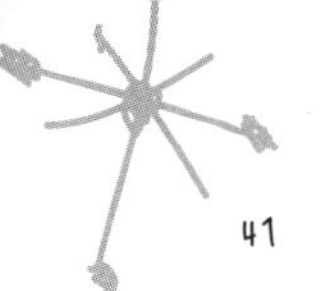

我努力不讓自己表現出動搖的反應，就像個發出聲響、幾乎要壞掉的錫製人偶那般轉頭望去——結果發現藍那同學站在眼前。

「什——」

「安靜點。不然會被他們發現喔。」

她用食指抵在我的嘴脣上，要我不能出聲。

「唔……」

「就是這樣，乖孩子，別大聲說話喔？」

「……好。」

「嗯嗯。話說為什麼我會在這裡呢？作為妹妹當然會關心姊姊啊。就算結果早在預料之中也一樣。」

「意思是那個男生完全沒戲唱嗎？」

「Yes～」

這可真是……只能同情那個男生了。

「那麼，你在這裡做什麼？」

「……啊～」

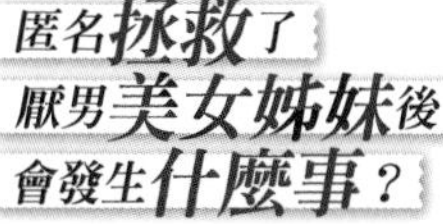

我原以為她會說偷窺是最下流的行為，藍那同學卻依然面帶微笑。

雖然我無法看出她那燦爛的笑容背後在想什麼，我決定老實告訴她。

「妳們昨天遇上了很嚴重的事情對吧？然而那個男生今天突然對她告白，該說他很不會看氣氛嗎？感覺甚至沒考慮過新條同學的狀況。」

「原來如此，你是個很溫柔的人呢。」

「這不算溫柔啦，只是正常的感受罷了。」

「嗯，可能是這樣吧。不過我覺得你是個溫柔的人喔？比起受到奇怪的懷疑，這樣想更好吧～？」

「那倒是。」

對話比我預期得還要順利，真是太好了。

就在我像這樣與藍那同學交談時，另外一邊似乎也快談完了。

「我從別人那裡聽說了昨天的事情，就實在坐立難安！為了防止那樣的事情再次發生，我想要保護妳！」

哦～這傢伙不僅長得帥，連個性也不錯嘛？

只不過，儘管我認為你的心意很值得讚許，也許要選在對方心情比較平穩的時候再告白

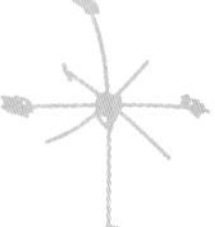

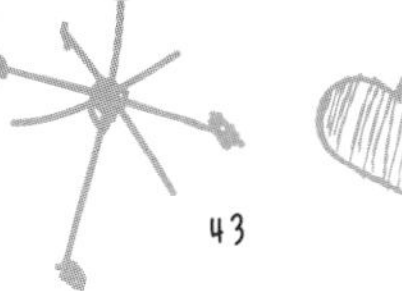

比較好。

「嘿咻。對不起，讓我靠一下喔。」

「唔！」

隨著這樣的聲音，突然有股柔軟的感觸貼在了背後。

看樣子是藍那同學從背後抱住了正在偷窺屋頂的我，用那豐滿的肉體毫不客氣地靠在我身上。

無視內心動搖的我，藍那同學開口說：

「無論說什麼，姊姊都不會點頭答應喔。讓人很想笑著指著他說根本沒戲呢。」

「……那個，新條同學？」

「你很在意我的胸部頂到你嗎？」

這個女孩未免太直接了！

透過開襟毛衣感受到的那個既柔軟又豐滿的物體，隨著藍那同學的動作自由自在地改變形狀。

明明沒用手碰觸到，那柔軟的感覺卻清晰得可怕，直接傳達到了大腦。

「如果妳能離開一下，我會很感激……」

「這樣我就看不見了呀。」

可以直接站到我前面吧……？

「呵呵，就到這裡吧。」

藍那同學這麼說著，離開了我身上……難道她在戲弄我嗎？

話雖如此，這段時間肯定相當充實，就算她在戲弄我也值回票價。

「……呼。」

「哈哈哈，抱歉、抱歉。對了——那個，你剛剛叫我新條同學對吧？」

「嗯。」

「我和姊姊的姓一樣，這樣很容易混淆對吧？所以能不能叫我的名字呢？相對的，也讓我直接叫你的名字吧？」

「知道了。藍那同學……這樣可以嗎？」

是沒關係啦，不過這樣讓我有點不勝惶恐……可是我還是點頭答應了。

「可以直接叫名字喔？」

「不不不，就饒了我吧。」

「現在這樣就好。你之後要再想想喔？」

直呼名字根本直接跳到了朋友的階段……不過這次會和藍那同學交談純屬偶然，今後應該不太可能再有這種機會，不會再和她說到話了。

「那我也加個稱謂吧。請多關照嘍，隼人同學。」

「請多關照……妳認識我啊？」

「雖說今天是第一次像這樣聊天，我們偶爾早上會碰面吧？所以這是理所當然的喔？」

「……是這樣嗎？」

如果是這樣……她會認識我也是合情合理的嗎？我決定不再去思考這些複雜的問題。

或許是因為像這樣太專注與藍那同學對話，我的意識不自覺忽略了亞利沙同學那邊。

看來對話已經結束，那個男同學用衝的跑向我們這邊。

「糟……」

「過來這邊。」

我心想得快點藏起來，隨後藍那同學就用力拉住了我。

門打開之後，這邊正好成為了看不到的死角，所以沒有被男同學發現……取而代之的是一股甜到不行的香氣撲鼻而來，刺激著我的鼻子。

「這樣很近呢。」

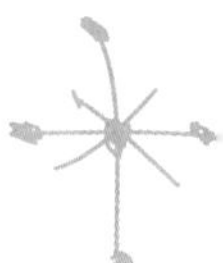

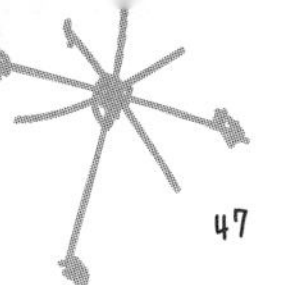

「唔……」

我們的距離近到即使彼此的臉貼在一起也沒什麼好奇怪，我意識到這點後情不自禁地拉開與她的距離。

藍那同學的反應在我的意料之中，正一臉開心地竊笑著。

「既然無謀的告白戲碼也已經結束，我就去找姊姊嘍。那麼隼人同學，我們有機會再慢慢聊吧♪」

藍那同學這麼說著，接著走向了亞利沙同學那邊。

我在原地愣了一會兒，然後才迅速回過神來，為了返家而邁出步伐。

在回家的路上，我不斷回想著剛才與藍那同學的互動。她的香味很好聞，而且也很柔軟，總之就是些符合青春期的男孩子會思考的事情。

與藍那同學開始互相用名字稱呼後已經過了幾天。

雖然在那之後我們有幾次對到眼神，她旁邊總是有亞利沙同學或是其他朋友在場，她不會主動靠近我，反之亦然。

「……也對，這種狀況才正常吧。」

我像這樣自言自語，拿著一個有點沉重的紙箱前往文件室。

現在是午休時間，當我從廁所回來走在走廊上時，老師叫住了我，要求我把紙箱放到文件室裡。

『可以啊。你欠我一次喔。』

『知道了。下次請你喝果汁吧。』

儘管我沒打算要老師請客，總之還是先點頭了。

「呃……放在這裡可以嗎？」

雖然到了文件室，這個地方本來就鮮少有人出入，除了打掃以外不會有其他人進來……所以備品散落得亂七八糟。

我把紙箱隨便放在地上，湧起一種事情大功告成的舒暢感，不禁吐了口氣。就在這個時候——門發出喀答的聲響被關上了。

「呃！」

雖然有櫃子之類的各種東西擋住門，我知道是有人把門關上。

我一時想說是不是被關在裡面，差點就慌張起來，不過即使從外面上鎖，我也可以從內側打開，根本不成問題。

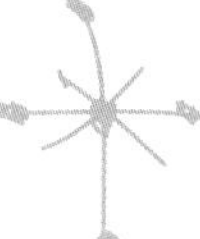

「因為沒開燈，這裡感覺有點陰森呢……」

我如此低喃，隨即立刻轉向門口。

「真是的，到底是誰把門關上的啊——」

「是我啦啦啦啦啦啦啦！」

「唔哇啊啊啊啊啊啊啊啊啊——！」

突然有人大喊一聲，害我嚇了一跳。

雖然一開始還嚇得以為是不是出現了幽靈什麼的，仔細想想才發現我對剛才的聲音似曾相識。

我回頭查看背後的狀況，接著看到不知是何時出現，笑容滿面的藍那同學站在那裡。

「嘻嘻，惡作劇成功♪」

「……饒了我吧。我還以為心臟要跳出來了。」

我們高中引以為傲的美女姊妹之一——藍那同學登場。對此我與其說是心跳加速，更希望她別這樣鬧我。

「哈哈哈，抱歉、抱歉。我走在走廊上時看到隼人同學抱著紙箱，覺得有些好奇就跟過來了。」

「這樣妳也不用特地跟著我到這裡，直接叫我就好了啊。」

「這樣確實也是一個方法，可是我們之前沒什麼交集對吧？所以突然太親密地找你說話，我想說是不是會讓隼人同學感到困擾嘛。」

喔，原來是這樣啊。

藍那同學在校內是風雲人物，要是和平常不怎麼說話的我在一起被人看到，搞不好會傳出奇怪的流言蜚語，她應該是考慮到這點才這麼做。

「我呢，其實滿想和隼人同學聊聊喔？可是就算在遠處對上視線也沒辦法說話，頂多就是我對你眨個眼這樣吧？」

藍那同學這樣說著，一口氣與我拉近距離。

我前陣子才第一次與藍那同學長時間交談，第二次邂逅她就變得如此親密，不禁讓我開始懷疑這其中是否還有什麼不為人知的內幕。

「現在還是午休時間，我們來聊聊天吧？」

「……好吧。」

美麗女孩的提議真難拒絕……我還有得學呢。

我們隨意拉了兩把椅子，坐下來面對面聊天，不過與她的對話並沒有什麼特別之處。

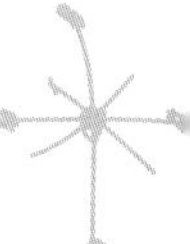

「隼人同學已經計劃好萬聖節要怎麼過了嗎？」

「噢，我會去朋友家集合，參加一個類似Cosplay舞會的活動。」

「Cosplay聽起來不錯耶！我從來沒有試過那種事，有點憧憬呢。」

「這樣啊。」

「嗯。對了，話說我如果要Cosplay，隼人同學覺得我適合什麼呢？」

「咦？嗯……」

我聽到這句話，腦海中不經意浮現出一個身穿性感服裝的魔女……然而要是直接說出來，肯定會被對方討厭，所以我把性感服裝那段拿掉，只告訴她適合扮成魔女。

「魔女啊？會使用邪惡魔法的魔女……不錯耶！」

看來她可以接受這個答案，我頓時鬆了口氣。

「隼人同學會Cosplay成什麼呢？」

「……請不要問。」

「咦？我想知道～！」

這個人每次的反應都好像小孩子耶……這也是個新發現。

由於她一直很執著地詢問我會Cosplay成什麼模樣，我只好告訴她我會打扮成某部漫畫中

的角色。

（畢竟我現在沒辦法說什麼南瓜頭套或光劍之類的……）

這不是因為我擔心這件事會被發現之類的，而是為了盡可能別讓她回想起那個對她來說令人痛苦的記憶。

「那麼你有什麼想要的東西？」

「這個嘛，頂多就是最近要發售的遊戲吧。」

「原來如此。順帶一提，我也有想要的東西喔。」

「妳願意告訴我嗎？」

「當然♪」

那個藍那同學露出微笑，同時告訴我她現在想要的東西。

「其實啊……嗯～雖然我答應要告訴你，講法可能會有點含糊，對不起喔？說是東西其實有點不一樣，可是與姊姊想要的重複了。」

「這樣啊。」

「嗯。畢竟那個東西在這個世上只有一個。我也最喜歡姊姊了，所以我想要和她一起分享喔♪」

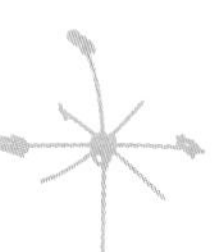

「有那種東西啊……」

在這個世上只有一個的東西會是什麼啊……雖然我很在意那個東西是什麼，卻不打算問個水落石出。

藍那露出更加燦爛的笑容繼續說：

「現在只有我發現那個東西，姊姊還沒注意到。不過我想姊姊也很快就會發現，所以我打算在那之前先獨占一下。」

「哦……話說回來，聽妳這樣講，感覺得出來妳們真的很要好呢。」

「那當然嘍！因為姊姊一直和我在一起，而且無論什麼時候都會陪在我身邊。」

從藍那同學的話語中可以感受到她對亞利沙同學的信任與深厚的情感。

或許是因為她正一邊想著亞利沙同學一邊說話，她的表情顯得無比溫柔……而且看起來很開心。

「藍那同學……妳對姊姊——」

非常喜歡呢——正當我想如此表達她對亞利沙的想法之際——

眼前突然垂下某個物體。那是從天花板垂下來的一隻蜘蛛。

「唔！」

突如其來的蜘蛛讓我不禁發出聲響急忙後退。而藍那同學與我不同，她完全沒有驚慌失措，反而是靠近蜘蛛，緩緩伸出手指。

「妳敢摸嗎？」

「嗯。其實我挺喜歡蜘蛛的。」

「是這樣嗎！以女生來說還真少見耶……」

「是這樣嗎？意思是隼人同學討厭嘍？」

「與其說討厭，只是不太擅長應付而已。」

基本上我很不擅長應付多腳生物，所以也不太敢接觸蜘蛛。

如果是藍那同學現在碰的那種小蜘蛛倒是完全沒問題，若是偶爾會看到的那種大蜘蛛，我搞不好會發出尖叫。

「我覺得蜘蛛其實很聰明喔。會用蜘蛛絲形成自己的領域，一旦獵物入侵就絕不放過，會等到對方虛弱，最後再狠狠啃食。」

藍那同學溫柔地放過在她指頭的蜘蛛，然後看著我。

「用甜美的誘惑引誘自己想要的東西，放出絲線製作包圍網捕捉起來……嗯嗯，不覺得這樣講很帥嗎？」

「是這樣嗎？」

「嗯，只有我這樣覺得嗎……」

與其說帥氣，不覺得有點可怕嗎？

藍那同學將手臂環在胸部底下，似乎很意外我不太能接受蜘蛛的話題，令她有些不甘，開始嗯嗯嗯地連聲嘀咕。

「啊，那麼！我們來聊聊彼此的戀愛話題吧！」

認為這是個好主意的藍那同學頓時變得笑容滿面，可是我本身的戀愛經歷只有有些悲傷的過去。

「我從以前到現在都沒和任何人交往過呢……咦，這樣講的話一點都不有趣啊！」

「妳會吐槽自己啊？」

「隼人同學呢？」

「我……」

其實在國中時期，我曾經和一個女孩交往過幾天而已。

可是到頭來，我們對彼此無法諒解的事情變得越來越多，很快就分開了。

「……你交過嗎？」

「是啊……不過很快就分手了。」

如果我們念同一所高中或許會很尷尬，幸運的是我們分別升上不同的高中……應該不會再見面了吧。

「哦～」

藍那同學收起剛才的笑容凝視著我，此時我看到她背後的櫃子上有本書快要掉下來。

當我才在想著「沒那麼剛好吧」的時候，已經傳出厚重的聲響，一本相當厚的字典掉了下來。

「危險！」

「咦？」

我把手放在藍那同學的肩上，順勢把她拉到我這邊。

藍那同學驚訝地喊了一聲，隨後看到字典發出沉重的聲音掉在地上，立刻知道發生了什麼事。

眼見藍那同學來回看著我近在咫尺的臉與掉落在地上的字典，我因為她似乎沒有受傷而感到安心。

與那個強盜手上的刀子相比，字典的殺傷力算是相當微弱，然而要是它掉落在頭上、砸

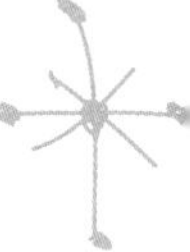

到的位置不好，還是會有危險也說不定。

「太好了。」

我因為鬆了一口氣，自然地如此說。

下一刻，藍那同學的身體突然開始顫抖。

「……我果然沒搞錯……就是這隻手……哈哈！哈哈哈哈哈哈！」

藍那同學突然笑了起來，我不禁從她身邊退開。

要是在身邊的女孩突然莫名其妙地笑起來，任誰都會感到詫異。

「對不起喔。因為解救我的隼人同學實在太帥氣了，我一時高興就笑出來了。」

被一個突然笑出來的人稱讚帥氣也不是什麼值得開心的事……話說我們其實聊了滿久，午休時間馬上就要結束了耶！

「藍那同學！午休快結束了，我們得趕快回去！」

「咦？哇，真的耶！我們快回去吧，隼人同學！」

儘管比想像中聊得還要入迷，這也是因為與藍那同學聊天很快樂。

由於午休時間就快結束了，幾乎沒看到其他學生，就算我與藍那同學匆匆忙忙地走在走廊上也沒有特別引起別人的注意。

▼
▽

「姊姊，我可以進來嗎？」

「藍那？可以啊。」

在天色已經顯得十分昏暗的夜晚，我走進姊姊的房間。

姊姊坐在椅子上，用手撐著臉頰，呆呆地看著筆記。

「聽說最好別太常用手撐著臉頰喔？不僅會給下頜帶來負擔，甚至可能會導致之後有顳顎關節症的困擾。」

「……說得也是。不過……唉。」

聽到我的話後，姊姊調整了姿勢，可是隨後又嘆了口氣。

我從後面靠近姊姊，輕輕抱了上去，她便也把自己的手放在我的手上。

「妳老是像這樣嘆氣也見不到那個人喔？」

「我知道。可是自那天以來我就一直在想啊……我想見到那個人，想見到救了我們的那個人。」

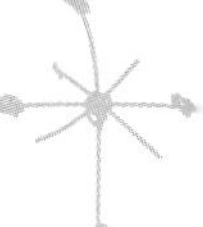

我點頭表示我也理解這番話。

幾天前，我們家遭到強盜侵入，遇上非常少見的狀況。當時甚至被逼到下一刻就算被侵犯也不奇怪的絕境。

就在這如此絕望的危急時刻，那個人——戴著南瓜頭套的那名男性——出現，完全奪走了我們的心。

「說是一見鍾情也很奇怪，可是他在那樣絕望的情況下救了我們，會這樣想也是情有可原呢。」

「是啊……所以我想見他。想當面表達謝意……見面後還他人情。想用我的全部，對那個人獻出我的全部——」

姊姊完全沉浸在自己的世界。

彷彿在想像那個不在眼前的他，姊姊對著虛空說：

「我……想成為你的奴隸。不只是身體，還有心靈以及靈魂……我想把一切都獻給你。欸，那個連名字都不曉得的你，你到底在哪裡呢？」

姊姊將手伸向沒有人的空間，當我握住她的手後，姊姊突然回過神來凝視我。

「……我這樣真是糟糕呢。明明藍那在旁邊，我卻一直想著那個人……」

「有什麼關係。畢竟我也是半斤八兩啦。」

沒錯，其實我和姊姊半斤八兩。

那件事不僅在我們的內心種下了強烈的恐懼與懊悔，也種下了對那個幫助過我們的人的渴望。

「要是班上的男生看到姊姊這樣的表情，不知道會說什麼呢？」

「別提那些低劣的傢伙。想起那個告白就讓我想吐。」

「唉呀，抱歉、抱歉。」

前天，有個班上的男生把姊姊叫了出去，向她告白了。

當然，那樣的告白根本毫無意義，可是當時姊姊也像這樣對那個男生說出了她想得到的所有辱罵字眼。

「姊姊真是辛苦呢。」

「妳也不能說別人吧？妳不是也經常被人告白？」

「是啊，實在麻煩到不行呢。」

我知道自己因為厭惡感而不自覺地壓低自己的聲音。

「藍那被男生稍微碰到也不行吧？就這點來說比我還要嚴重。」

「沒辦法啊。因為我真的不想被碰嘛。」

沒錯，我對男生厭惡到根本不想被他們觸碰——除非是因為不小心而導致身體碰撞，否則我絕對不會讓男生碰到我。

「……唔。」

「藍那？」

儘管一直以為自己不會被誰碰觸到，我想起了今天午休的事情。

我的臉突然變得火燙，甚至會讓姊姊因此擔心，我頓時背對著姊姊走向門口。

「要回去了嗎？」

「嗯。」

「這樣啊……啊啊，對了。藍那，雖然我不會勉強妳，起碼要記住班上男生的名字。突然被問到會很困擾吧？」

「啊～嗯，我會努力看看啦。」

我不怎麼記得班上男生的名字，因為沒有必要。

姑且不論姓氏，我從不覺得有記住他們名字的必要性。

「那麼姊姊，晚安。」

「晚安，藍那。」

交換了這樣的問候後，我回到自己的房間。

「……呼。」

臉上的熱度依然沒有散去，我想我的臉現在肯定已經漲得通紅。

這也是理所當然的，因為我意識到了……因為我意識到了隼人同學，才會變成這樣。

「啊啊♡」

不僅臉頰發燙，甚至連我的全身都感受到了熱度。

就像要發散掉體內的火燙感那般，我用手撫摸自己的身體，同時回想著包含隼人同學的事情在內，自己過去的一切。

對亞利沙來說，男性根本是低劣、野蠻又粗俗的存在……而妹妹藍那也有同樣的看法。

當然，她們起初並沒有這樣的想法，是她們走過的人生讓她們有了這種認知。

「過來，藍那，跟老師稍微聊聊天吧。」

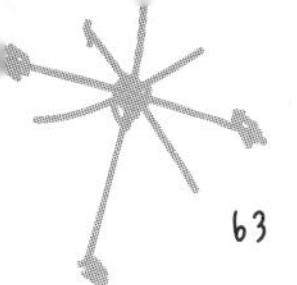

自懵懂無知的年幼時期開始，姊妹倆就散發著獨樹一格的魅力。即使還是小學生，她們那幼稚的性感魅力甚至讓班導為之瘋狂，雖然幼稚與性感互相矛盾……正是因為這樣，她們在某種意義上更是顯得與眾不同。

儘管遭到班導觸碰，身體覺得很不舒服，她們也不明白這究竟代表什麼意思。覺得噁心的藍那不禁逃離了現場，可是在那之後班導依舊不厭其煩地把她叫出來。

當然，這是很明顯的犯罪行為，對這件事感到疑問的藍那找母親商量，才成功揭發了這件事。由於這樣的經歷，藍那對於受到異性的注視下意識地產生了厭惡感，隨著年齡的增長，她開始理解當時遭受的對待是多麼令人不快的事情。

「……噁心……噁心！」

噁心——這唯一的情感支配了藍那的心。

姊姊亞利沙也是如此，兩人經常遭到男性以充滿慾望的眼神注視，不論是同學還是成年人都沒什麼兩樣。周遭的環境導致她們除了早逝的父親之外，無法對其他男性敞開心扉。

「請多指教，新條同學。我的名字叫做○○。」

藍那從未回握這樣自我介紹後伸出的手。就算對方報上姓名，也不知為何總是記不住名字。這是因為藍那心底認為不需要、不感興趣，打算疏遠名為男性的存在。

「我喜歡妳，新條同學！」

「對不起喔？我對戀愛完全不感興趣。」

藍那繼承了母親出類拔萃的美貌，不論她願意不願意，依然與姊姊一起成為了受男生歡迎的對象。對於多不勝數的告白會感到厭煩是理所當然的，不過她明白自己出眾的容貌與姣好的身材優秀到足以喚起男性的慾望。

然而，這張臉和這副身軀都是由母親所生，父親也曾稱讚過可愛。正因為對這一切感到驕傲，才從未想過要抱怨為什麼會讓她以這樣的身體出生。

隨著成長，藍那與姊姊一同變得更加美麗，有一天她聽到了這樣的對話——

「新條姊妹她們真的好美啊。」

「是啊。真想和那種人來一發！」

「不僅胸部很大，觸感好像也很驚人。不知道是什麼罩杯耶？」

這段對話令人作嘔。

這些男生是同班的同學，縱使藍那當然知道他們的姓氏，卻不知道名字。她靜靜地離開了現場。

「……男人果然都是垃圾。每個人都只對我的身體感興趣罷了。」

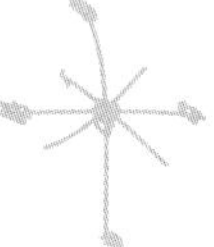

並不是說藍那沒有對少女漫畫中描繪的戀愛心存憧憬，可是現實中男孩們所談論的都只是藍那的外表。性事是一種相愛的行為，生小孩則是進一步的延伸……然而藍那只要一想到這件事就感到極度噁心。

於是她對男性的厭惡感與日俱增，就在她度過這樣的日子時，那起事件發生了。一名入侵她們家的男性強盜拿她深愛的母親當作人質，命令亞利沙和藍那脫下衣服。

「為什麼我們會遇上這種事……為什麼……！」

到頭來，她只能認為她們為什麼會如此不幸。

藍那兩人自從升上高中後，由於母親所經營的公司正拓展內衣品牌的事業，並獲得了急速的成長，她們並沒有為錢所苦，無論母親還是姊姊都對藍那傾注了極大的愛情。儘管生活基本上相當富裕，自從失去了父親的那時起，齒輪毫無疑問地就歪了一顆。

「喂，小鬼們，如果不想看到母親死在眼前，就趕緊把衣服脫了！」

「……唔！」

難道一直守護的純潔就要在這種地方失去了嗎？雖然藍那內心已經萬念俱灰，一想到這樣就能讓姊姊與媽媽得救，還是很划算。就在她像這樣放棄一切的時候，他……戴著南瓜頭套的救世主出現了。

突然出現的他瞬間讓男子失去行動能力，拯救了藍那等人。

「已經沒事了。」

這一句話對她們而言應該是莫大的救贖。

從眼睛部分鑿開的孔洞可以看見他隱藏起來的真面目，從該處觀察周圍的那雙眼眸充滿了無與倫比的溫柔。藍那隨著那句話見證到光芒，頓時聽見自己的心臟發出怦怦的聲響。

姊姊與母親在因為他的話語感到安心的同時也渴望獲得心靈上的支柱，藍那等人的心在那一瞬間完全被他奪去了。

「在哪裡……會在哪裡呢？」

他離開時並未留下名字，重逢卻比想像中來得更快。

在藍那和姊姊與朋友們一起前往學生餐廳時，她和注視著自己的一名男孩對上了眼神。

「……唔！」

當時那名男孩的眼神，與那個從南瓜頭套當中觀察周圍的眼神完全一致。雖然因為一時驚訝而立刻移開了視線，藍那的心臟就像打鼓般劇烈跳動，臉頰也突然變得火燙。

與藍那對上眼神的那名男孩名字叫做堂本隼人。他是住在附近的男孩，兩人的關係不過就是見面會打招呼的程度。

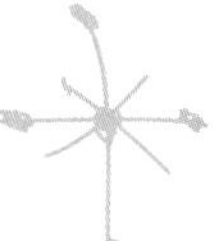

「……哈哈♪」

雖然還沒有確定，藍那的心中仍然呼喊，他就是戴著南瓜頭套的那個人！她向姊姊說了一聲之後，便追著他的背影而去。他們離開座位後，正在討論有關萬聖節的事情。

她聽到隼人買了南瓜頭套和光劍這樣的玩具，在這個當下幾乎就已經把內心的懷疑轉變成確信。然後決定性的關鍵是放學後藍那去迎接被人告白的姊姊，在當時見到了隼人並與他交談。

她第一次在與男生的交談中找到樂趣，甚至覺得如果這樣的時間能永遠持續下去該有多好。面對面時的身高、說話時的聲色，以及再次確認了他眼中的光芒，藍那完全確信隼人就是當時的那個人。

從那時起，藍那的腦海就已經只剩下他。

隼人被排除在她一直以來所厭惡的男人定義裡，完全走進了她內心的瞬間……她也自然而然地幻想起那種事情。

她想起想要和自己發生關係的那群男生的對話，想像著如果那種讓人覺得不舒服的作嘔行為，對象是隼人的話又是如何呢？

「……呼啊……隼人同學……隼人同、學……」

藍那想像著他撫摸自己的身體，寵愛著自己身體的每個角落，光是這樣的想像就讓藍那的身體狂喜顫抖，有種足以讓大腦酥麻的刺激竄過身體。那是她一直沉睡著的雌性本能開花的瞬間。

性行為的延伸就是生孩子。在自己的身體裡懷有他的孩子……這樣的想法實在非常甜美。原本厭惡的行為只是換了一個對象，就讓藍那徹底改觀。

「好想要喔……我好想要隼人同學喔。」

已經回不去了。

藍那意識到這一點。但是她染上情慾的微笑證明了即使如此也無所謂。

姊姊還不知道隼人的事，所以藍那內心產生了惡作劇的想法，打算在那之前由自己獨占隼人。藍那理解自己的身體十分具有魅力，她也注意到隼人的目光會不經意地落在她的胸部和大腿。

「好想懷孕……好想懷上他的孩子啊。」

想要跟他相愛，並且懷上他的孩子……藍那這樣強烈的願望幾乎要滿溢而出。

突然，藍那想像中的隼人對她開口說：

『藍那，生下我的孩子吧。』

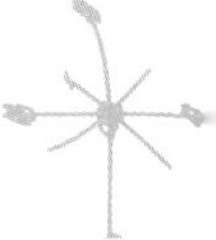

「……唔～～～～～～～！」

▼▽

「……唔啊啊啊啊啊啊啊啊嗯♪」

我不自覺地發出了高亢的聲音。

原本我還在想著自己的事，想到一半就滿子都是隼人同學，對他的思念滿溢而出，引導身體達到了高潮。

「呼……呼……呼……♪」

儘管喘得上氣不接下氣，身體與心靈都非常滿足，我如同沉浸在餘韻中那般想起了隼人同學。

「……你好棒喔，隼人同學♪喜歡你……我好喜歡你♪」

人只要一個轉念就可以造成這麼大的改變，我改變到就連自己都感到吃驚……不，姊姊肯定也是這樣。

「我想生下隼人同學的孩子……姊姊想要成為隼人同學的奴隸……我們的情感是不是太

濃烈了呢？」

即使如此也無所謂，只要能待在他身邊就好，我想通了這點。

不過有件事我不喜歡。

「隼人同學說他在國中的時候交過女朋友。」

當我聽到這件事時，內心湧現出非比尋常的嫉妒。

某個我甚至不知道是誰的人了解我所不知道的隼人同學。那個人得到了我們都還沒獲得的容身之處，我不禁為此感到嫉妒。

「呵呵，不過那又怎麼樣呢？我會讓你忘記那種過去的對象喲。所以作好覺悟吧，隼人同學……因為我會為了你做任何事情。」

現在的我究竟是什麼表情呢？自己講也很害羞，可是或許是沒辦法給別人看的表情。

「呵呵……哈哈哈哈哈！」

一想到隼人同學，我的情緒就無法抑制。明明才剛發洩過，我仍然難以控制，再次用手撫摸自己的身體。

「隼人同學，下次我們什麼時候能見面呢？」

我如此輕聲自問，再次沉浸在自己的世界之中。

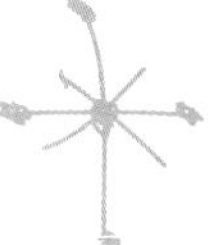

二、與真正的她們相處的時間

對我新條藍那來說，與隼人同學的相遇改變了一切。

儘管日常生活還沒有什麼變化，只要想起他這位恩人，我就能沉浸在幸福之中……想要更多，想要與他有更多連結——這種渴望越發強烈。

「藍那，妳待會兒要做什麼～？」

「我要稍微休息一下。可以幫我告訴姊姊嗎？」

「好喔！那我們待會兒再集合吧！」

「嗯。」

我現在心裡只有隼人同學，可是絕對不會表現出來。

雖然在他面前難免會顯露出和平時不同的樣子，現在還不能在姊姊面前表現得太興奮。

「……怎麼回事？我從這邊感覺到隼人同學的氣息。」

我彷彿被他的氣息吸引那般向前走去。

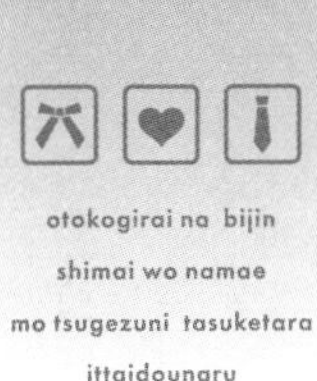
otokogirai na bijin
shimai wo namae
mo tsugezuni tasuketara
ittaidounaru

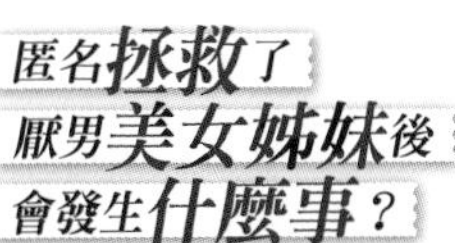
匿名拯救了
厭男美女姊妹後
會發生什麼事？

雖然現在是體育課的時間，因為是星期五的最後一節課，老師給了我們一定程度的自由時間作為努力了一個星期的獎勵。

只要不擅自返回教室，講得極端點甚至可以小睡一會兒，所以包含剛才還在熱衷地玩著壘球的我在內，其他同學也紛紛跑去休息了。

「那麼，隼人同學在哪裡呢……」

雖說是體育課的時間，我為什麼在找不同班級的隼人同學呢？原因很簡單，因為今天的體育課和他那班合班上課。

儘管吸引了不同於平常的視線讓我感到不舒服，只要偶爾和隼人對視，那種不適感也會獲得緩解……不，反而還讓我全身發燙，隼人同學真是個罪孽深重的男孩子呢。

「姊姊，對不起喔。再給我一點點時間……再讓我獨占隼人同學一下下就好。當作是我第一個發現他的特權♪」

向不在身邊的姊姊道歉後，我重新尋找隼人同學。

如果他身邊有其他人……正確來說是有那些看起來關係親密的朋友在場，我或許只能放棄了。

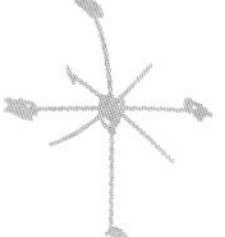

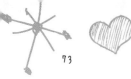

「……啊。」

然而出乎意料的是，我很快就找到隼人同學。

在種植於操場一隅的大樹陰影下，他就倚靠在樹上，看起來很舒服地睡着了。

我儘量不發出腳步聲慢慢靠近，坐在他旁邊凝視着他安詳的睡臉。

「……真好耶。」

他的睡臉十分平靜，彷彿這樣凝視就會沉醉其中。

儘管不會被認為是電視上會看到的帥哥也說不定，對我而言他是世界上最帥的人……欸，隼人同學，我對你就是這麼著迷喔？

「……稍微聞一下味道應該可以吧？」

我壓抑忐忑不安的心情靠近隼人同學。

在用鼻子聞著的同時靠近他後，一股能讓我感受到他是男性的氣息便輕輕地刺激著我的鼻腔。

「唔……這好像不太妙。」

僅僅像這樣看着他的睡臉就令我酥癢難耐，若是再聞到他的汗味，想必下腹部將會一陣抽搐。

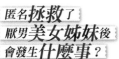

「……咕嘟。」

我的視線落在隼人同學毫無防備的左手。

心怦怦跳地害怕他會不會發現、會不會醒來的同時，我握住他的手輕輕提起。

「嘶……嘶……」

太好了，隼人同學看起來完全沒有清醒的跡象。

既然知道這點就得好好利用，我把隼人同學的手放在自己的臉頰……緊接著身體立刻因為歡喜而顫抖。

我感受著他的手直接碰在我臉頰的幸福感，同時嘗試了更加大膽的舉動。

「欸，隼人同學，你喜歡大胸部嗎？」

我如此詢問，並且將隼人同學的手放在自己的胸部。

自己這樣講其實很像在炫耀，不過我明白自己的身體成長為許多男性垂涎三尺的凶器。

我的胸部比姊姊稍微大一些，儘管最近突破了九十這個數值，卻依然在繼續成長。

「我告訴過隼人同學蜘蛛的故事對吧？牠們就是像這樣慢慢地製造陷阱……最後再狠狠咬下去喔♪」

啊啊……我似乎還遠遠不能滿足。

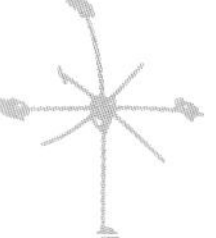

我慎重地觀察狀況，同時將隼人同學的手移到下半身。

「……啊啊♪」

雖然剛剛說要狠狠咬下，就我來說反而想要被隼人同學吃掉呢……哎呀♪這當然是真心話喔？

▼▽

「……啊？」

突然醒來後，我朝四周看了看。

「……啊啊，對耶。我運動後太累，就這樣睡著了。」

在週末最後一節的體育課基本上只要不回教室，不管做什麼都行，所以即使我像這樣睡著也不會被責罵或影響成績，講得含蓄一點就是棒呆了。

「嗯？」

只不過，此時我感覺到一道視線從旁邊目不轉睛地盯著我。

「……咦？」

「嗨♪」

在那裡的是藍那同學。

雖然不至於緊緊貼在我的肩上，兩人的距離近到她的臉幾乎就在我旁邊，所以我反射性地彈起腰，拉開了距離。

「啊啊！為什麼要走掉～？」

妳在這麼靠近的地方，任誰都會這樣做吧……不過看到我試圖遠離後，她便露出不滿的表情，所以我停了下來。

「……還有十五分鐘啊……」

離這堂課結束還有十五分鐘，或許可以稍微跟她慢慢聊。

「為什麼藍那同學會在這裡？」

「我原本在打壘球，後來想說也休息一下，所以在找一個能安靜下來的地方，然後就發現到隼人同學。」

「原來如此。」

這裡確實正好是在樹蔭下，不僅陽光被遮住，感覺同學們的聲音似乎也離得遠遠的，非常安靜。

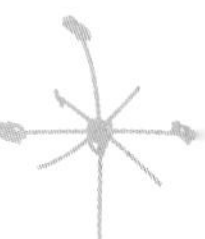

「怎麼說呢……感覺最近經常和藍那同學聊天呢。」

「我也有同感呢。感覺真新鮮♪」

藍那同學聞言露出莞爾的笑容如此說。

眼見她那依然會讓人看得如痴如醉的美麗微笑，我不禁感到心動，隨後換了個話題來掩飾自己內心的動搖。

「話說回來，妳不待在姊姊身邊好嗎？」

「唔，隼人同學討厭和我說話嗎？」

然而意外地吃了一記回馬槍。

我絕對不討厭，反而還覺得很高興……於是我坦率地表達了自己的想法。

「我是有點緊張啦。畢竟是與知名的美女姊妹藍那同學說話嘛。」

這不是奉承，而是真心話。

藍那同學有一瞬間低下頭，身體顫抖了一下，不過她馬上又抬起頭來，開心地笑了笑。

「被說是美人感覺還挺不錯的呢。原來啊原來，隼人同學是這樣看待我的啊？」

「不只是我，大家都這樣想喔。」

不然的話，也不會像這樣在整個校內都聲名大噪吧。

「……不需要。除了隼人同學說的話以外都不需要。」

「咦？」

「沒什麼～♪啊～啊，難得想再多聊一會兒，但是時間也差不多了呢。」

「……嗯？」

我確認一下時鐘，已經接近該去老師那邊集合的時間了。

我們慌忙挺起身子，然而在這個時候，藍那同學差點就失去平衡，我立刻把手放在她的身上。

「謝、謝謝你，隼人同學……」

「……喔。」

可是這裡出現了一個問題。

由於這個姿勢是倒向我這邊，我的單手碰到了藍那同學豐滿的胸部。

「唔……」

「隼人同學，我不會生氣，你就放心吧。畢竟是你救了我，我反倒應該說謝謝呢♪」

我本來已經作好覺悟，想說會被斥責是變態或是叫我不要碰她，然後被賞一巴掌。不過沒有發生這種事，藍那同學的笑容在我看來就彷彿是女神一樣。

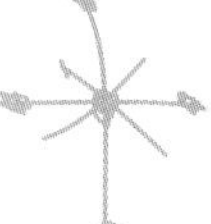

「隼人同學說我們最近經常聊天，可是從我的角度來看，反而是經常受到隼人同學的幫助呢。」

「……啊～畢竟之前也發生過字典掉下來那件事嘛。」

「為什麼……你這麼常幫助我呢？」

「咦？這不是理所當然的嗎？」

既然有人陷入困境，理所當然要幫助他們。

當然這種理論會根據狀況而有所不同，但是解救某人……或者是守護某人的這種觀念，或許有很大一部分是我從父親那裡學來的。

「…………」

當我沉思著家人的事情時，藍那同學擔心地看著我。

「抱歉、抱歉，我突然想起了一些事。話說現在不是聊天的時候了，藍那同學！」

「說得也是！我們快點，隼人同學！」

是我的錯覺嗎？感覺之前也是這樣，一旦和藍那同學扯上關係，時間就顯得特別匆忙。

我這樣詢問後，她嘴上說沒有那種事，臉上的表情卻不斷變化，彷彿在表達說不定就是這樣，看著這樣的她真的很快樂。

「欸，隼人同學，我會慢慢用絲線纏住你。」

「絲線？」

「嗯。我不是說過嗎？我喜歡蜘蛛。」

我希望並不是我的知識不足才沒辦法理解這是什麼意思。

後來，我與藍那同學順利和大家會合，雖然我們兩人一起回去引起了一些注目，卻不是什麼大不了的事情。

之所以會這樣……八成也是因為大家覺得像我這樣的傢伙和藍那同學根本就不可能發生什麼吧。

「隼人竟然和新條妹妹在一起，還真稀奇耶。」

「只是剛好在一起而已啦。沒有發生任何會引人遐想的事情。」

「哈哈，這點我知道啦。」

話雖如此，剛才也發生了與她在近距離聊天或是碰到胸部的意外事件，不過我當然不可能把這些事情告訴朋友。

「那麼大家辛苦了。解散！」

聽見老師的聲音，我們全體同學同時動作。

在這樣的情況下，其實我很在意剛才與藍那同學交談時發現的一件事。

「……怎麼回事？」

因為我的左手指頭上沾著一些黏黏的液體。

雖然沒有那麼黏稠，只是些微牽絲那種程度……另外就是味道感覺酸酸甜甜，是種很難形容的香味，不過我並不討厭。

「藍那在哪裡休息啊？」

「我？我啊……」

藍那同學正在與亞利沙同學感情要好地交談時，我與她對到了視線，她在那一個瞬間眨了眨眼。

「怎麼了——」

「沒什麼啦～快點回去吧，姊姊。」

「好、好……」

藍那同學沒有回頭，就這樣往前走去，不過對剛才那個眨眼起了反應的人並不是我。

「喂、喂……剛才新條同學眨眼了吧？」

「肯定是對我吧！」

「不對，是對我啦！」

走在旁邊的男同學們像這樣熱烈討論，儘管沒直接聲明那大概是對我眨的，我現在覺得自己與藍那同學的關係真的變好了，不禁有些開心。

（這樣說可能有點奇怪，但是藍那同學就像一陣暴風雨一樣。）

在亞利沙同學的告白現場出現，不知道是基於什麼原因讓她對我感興趣，現在我們已經能像這樣交談。可是對我來說，像藍那同學這樣輕易地深入別人的內心，將對方帶入她的節奏，就宛如一陣暴風雨一樣。

（……嗯，不過，無論是藍那同學還是亞利沙同學，她們感覺好像都不再在意那件事，真是太好了。）

對女性來說，那樣的經歷真的很可怕，就算留下心靈創傷也很正常。

儘管如此，她們依然一如既往……不對，我也不是很了解她們平常的生活，不過既然身邊的朋友對她們的態度沒什麼改變，她們想必過得一如往常吧。

（光是這樣，我在當時努力就有意義了。）

我再次由衷地覺得，幸好我有挺身而出。

「怎麼啦，隼人？」

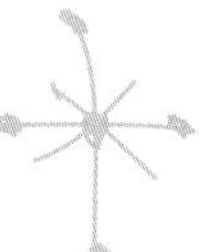

「你在傻笑什麼……難道說，你在想色色的事情對吧！」

「為什麼會這樣想啦？」

明明我還在滿心歡喜，卻被兩位朋友打擾，於是我一邊向他們抱怨一邊返回教室。

結束這星期的最後一堂課，再來就只要回家而已，此時我不經意地把視線投向放在教室窗邊的花瓶。

「……喂喂喂，水根本沒換嘛。」

我不知道其他班級的情況，不過我們班基本上規定由當天的值日生來換花瓶的水。可是，今天的值日生已經不在教室，水還是濁濁的……我見狀後嘆了口氣，拿起了花瓶。

「還是換一下吧。它應該也比較喜歡乾淨的水。」

我走到水源處，為花瓶換成乾淨的水。

縱使很多人可能覺得這種小事根本不用在意，因為媽媽經常替花換水，我既然發現了這個問題就不能忽視。

「好，這樣應該就行了吧？」

花瓶裡有了新鮮的水，感覺它也稍稍恢復了生氣。

「……即使是這樣的小事，也能從中感受到與已故媽媽之間的聯繫，這樣也不壞呢。」

當然也包括爸爸……真是的，每次像這樣想起家人，我就會忍不住感傷起來。

「快點回家吧。」

之後我把花瓶放回原處，離開了學校。

走在回家的路上，我陷入了沉思，想著這星期真的發生了不少事情……不對，說真的，確實是發生了很多事情。

「說不定只是錯覺，但是該怎麼說……好像有許多事情即將改變的預感。」

雖然感覺自己變得像預言家一樣，奇怪的是我無法笑著把它當成玩笑，於是我在感受著這種預感的同時，迎來了萬聖節當天。

第二天的星期六，儘管不是說引頸期盼這天的到來，我還是在周圍開始變暗的時候朝颯太家走去。

我手裡拿著一些水果和為了Cosplay準備的那些道具。

「從那次之後就沒戴上你了呢。」

從袋子裡露出的南瓜頭套……依然是一副討人厭的臉。

明明發生了那樣的事件，這個南瓜頭一副別在意那種事情的表情說著：「享受當下吧，兄弟。」

「不過也因為有這傢伙，我才會在當時有挺身面對強盜的勇氣……總之，今天也拜託你了，夥伴。」

我輕輕拍了拍袋子裡的南瓜頭，抵達颯太家。

我似乎與魁人差不多時間到達，颯太的母親帶著我們前往這次當作派對會場的中庭，我們在那裡看到一身超正式Cosplay造型的颯太。

「來得好啊！兩位，我們今天要好好享受喔！」

眼見颯太這樣說著歡迎我們，我和魁人不禁大聲回應：

「你也太拚了吧！」

「剛才一瞬間都不知道你是誰了！」

我和魁人會這樣說也不無道理，眼前的颯太不僅身穿猶如魔術師那種派頭誇張的打扮，手上拿的那把魔法杖看起來也是砸下重本製作的物品。

「作為宅男這是理所當然的吧！不過我真正認真起來還不只這樣呢！」

「……呃，你也太厲害了，真的。」

儘管曾經在社群媒體上看過別人Cosplay的照片，他的完成度大概可以說完全不亞於那些人吧？

我本來就知道颯太是宅男，也聽說過他的興趣是Cosplay，沒想到會熱衷到這種地步。

「好了，你們也快點換好衣服過來吧。」

「……都看過你這種水準還要我們換嗎？」

「我們的真的是普通到不能再普通了耶。」

如此這般，我與魁人也立刻換上Cosplay的裝扮，再次於中庭集合。

魁人扮演的是以德古拉為造型的角色，穿著西裝與斗篷，臉上也畫了妝，看起來還挺像樣的。

「德古拉是我想得到的經典打扮。」

「看起來很不錯嘛？相較之下……」

他們的目光轉向了我。

我只是穿著平常的便服戴著南瓜頭套，手持玩具光劍而已。

「……真沒創意耶。」

「少囉嗦。我這樣就好。」

我自己其實也覺得應該要再稍微講究一下才對。

我現在的打扮和去解救新條姊妹與她們母親時完全一樣，當然不能以這副姿態出現在她們面前。

（不過，今天是最後一次扮成這個樣子了吧……也不知道明年還會不會像這樣再次聚在一起。）

正當我在胡思亂想的時候，他們兩人目不轉睛地盯著我如此說：

「……不過感覺很有氣氛呢。」

「確實……是強者的打扮。」

「那什麼意思啊？」

看樣子對他們來說，我現在看起來就像是個絕世強者。

我為了回應他們那莫名期待的眼神，回憶起以前練劍道時的動作，以優美的動作揮舞著手中的光劍，他們見狀紛紛鼓掌叫好。

「看起來真的很強耶。」

「不知為何，我感覺有點害怕了呢。」

「為什麼啊！」

用恐怖來形容現在的我感覺也怪貼切的，希望他們別這樣。

我久違地想像著劍道空揮並且吐槽了他們，使我不禁感到疲憊，便坐在椅子上脫下南瓜頭套。

「很好，既然展現完彼此的Cosplay打扮，我們來吃飯吧！」

我們圍著的桌子上擺滿了颯太的媽媽為我們做的料理。其實我的肚子從剛才開始就一直咕嚕咕嚕叫了。

「我們開動了！」

接下來就只是美其名為Cosplay派對的一個餐會。

我與魁人都陶醉於颯太媽媽為我們做的料理。因為正處於成長期，我們可以說瘋狂地大吃特吃。

（……親手做的料理果然很棒。）

姑且不論學校餐廳，基本上我在家時都是吃泡麵或是便利商店的便當居多，很少煮飯……正因為如此，像這種充滿愛情的家常菜著實教人羨慕。

「我拿追加的餐點過來了喔。呵呵，隼人，看你吃得這麼津津有味，煮的人也很有成就感呢。」

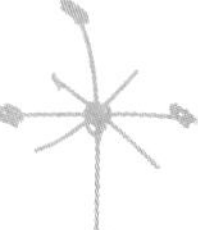

「謝謝！真的太棒了！」

有我們男高中生喜歡的炸雞塊和薯條等菜色，還有萬聖節氣氛的南瓜湯，每一樣都非常美味。

「真開心呢。要是我家兒子也能像你這樣坦率地道謝就好了。」

「他在害羞啦，請妳體諒他。」

確實，要對平常朝夕相處的家人表達感謝可能有些害羞，但是我認為在能夠表達的時候表示自己的想法很重要。

「不就只是說謝謝而已嗎？該說的時候就要說啦。要好好珍惜家人啊，颯太。」

「……說得、也是。嗯，沒錯。謝謝妳，媽媽。」

看到颯太坦率地表示感謝，我和魁人不禁看得一臉溫馨。

以颯太的立場來說，我的發言應該會讓他感到煩躁，即使如此他還是願意採納我的意見，可能是因為他知道我的雙親很早就過世了，才會認真聽進我的話。

「受到兒子感謝果然很令人開心呢……那個，隼人，你真的沒遇上什麼困難嗎？」

颯太的媽媽原本露出笑臉對著颯太，隨後望向我這邊時表情猛然表現出深切的擔憂。

「我沒事啦。之前也說過了，我外公和外婆對我很好。」

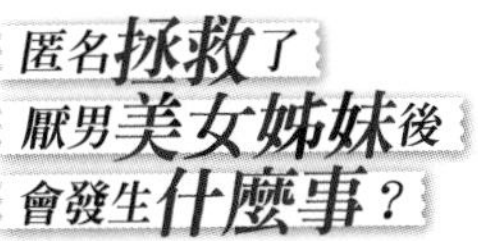

他們理解我無法忘懷雙親，總是答應我任性的要求，在經濟方面也總是不吝給我支持。對於他們兩人來說，肯定非常掛心身為母親兒子的我。

最近馬上又要到年假了，到時得帶一些伴手禮去看看他們才行。

「喂，隼人，真的有困難時要找我們商量喔？」

「我們可是好朋友啊。有什麼事情都不用客氣喔？」

「……哈哈，好啦。」

明明平常總是一起幹些蠢事，這種時候他們兩人真的很帥氣。就如同魁人所說的，他們真的是最棒的好朋友。

後來我們把音量壓低到不會打擾鄰居的程度，興高采烈地玩了一番。

「話說，既然難得聚在一起了，就留下一些有形的回憶吧？」

「說得也是。大家一起拍照吧！」

「贊成！」

的確，我們都特地扮裝了，只是吃飯閒聊就太可惜了。

聽到魁人如此提議，我和颯太紛紛贊成，於是請颯太的母親幫我們拍一張三人站在一起的合照。

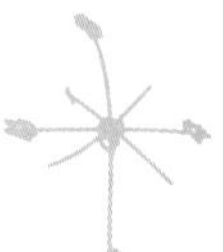

這是一年一度的活動。雖說只有三人聚在一起，對我而言是與重要朋友暢談友情的場合，我們笑著承諾明年也想像今天這樣瘋狂。

「那麼今天就這樣了，謝謝啦。我先回去了。」

「好。下次在學校見！」

「掰啦～！」

魁人還要待一會兒，所以我先提前離開了颯太家。

周圍已經是漆黑一片，獨自走在燈火通明的街道上就會感覺真的很安靜，回到家後也是如此。

「剛才鬧得還真凶……不過很開心。哈哈，回到家又是一個人了。」

經歷過剛才的喧囂，現在就這樣回到家後又會是一個人的環境，與吵鬧無緣的平淡日常在等著我。

「真是寂寞啊……」

假如爸爸沒有遇到意外，媽媽也沒有生病的話……現在只要回家，應該也會一直都有人開著燈在家等著我。

『來，隼人，盡情向媽媽撒嬌吧。孩子就是要對父母多多撒嬌喔？』

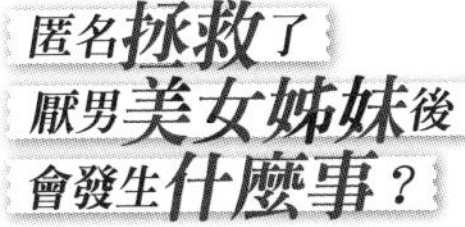

『是啊，趁現在多依賴一下媽媽也好。長大了就沒辦法這樣了。』

父母曾經對我說過的話又重新浮現在腦海中。

撒嬌……啊……現在已經沒辦法再做那種事了……媽媽、爸爸。

「你的表情看起來真是一臉悠哉耶。」

因為想起雙親，害我的心情變得消沉，為了緩解這種情緒，我拿起南瓜頭套。

這張臉看起來真的很令人生厭，彷彿在嘲笑著別人。

就像在表示「這傢伙到底在想什麼啊！」那般，我敲打著南瓜頭套，然後又戴了上去。

「算了，畢竟是難得的萬聖節，就這樣繞著這附近走一下吧。」

嘈雜的繁華街也許還好，要是有人看到我在這種地方戴著這樣的東西，可能會被嚇到發出慘叫吧……即使如此，我還是決定直到走到這條路的盡頭之前都戴著它。

「哼哼哼～♪」

我哼著喜歡歌手的歌，同時愉快地走著。

然後走到盡頭時，我竟然還滿心期待地想說會不會有人在，現在真想詛咒這樣的自己。

「……咦？」

轉過盡頭轉角的瞬間，我發現確實有人在那裡……然而這個對象相當不妙。

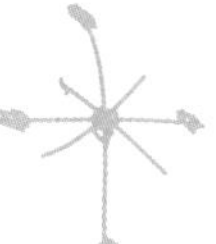

「……啊。」

「……啊！」

不知是命運的惡作劇，還是我得意忘形的懲罰，出現在眼前的是亞利沙同學與藍那同學，我最不應該在這種打扮時遇見的兩人。

（這兩人為什麼會在這裡！）

兩人都以啞然失聲的表情凝視著我一動也不動。

為什麼她們會在這裡？為什麼會在這種地方走動？我內心湧起數不盡的疑問，但是我立即轉過身開始往回走。

可是我的肩膀被一股強大的力量抓住。

「請等一下！」

不僅是肩膀被抓住，那聲音似乎具有將我直接釘在原地的力量。

不論是觸碰到我的還是喊話的都是亞利沙，從她身上感受到的意志甚至讓我封住了想甩開她逃跑的念頭，讓我不禁在心裡嘆了口氣並轉身回頭。

「有什麼事嗎？」

我的聲音幾乎沒有抑揚頓挫，不過像這樣隱藏真面目的話，我果然會與平常的自己有些

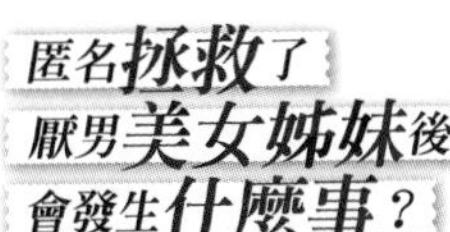

不同。

一位美少女目不轉睛地凝視著頭戴南瓜頭套的我，這樣的構圖實在非常超脫現實，而這個有些奇怪的畫面由藍那率先打破了僵局。

「姊姊，妳看，這位先生似乎也很困擾，妳先冷靜一下吧。附近有座公園，你也一起去如何？」

「……好吧。」

雖然稍微思考了一下，看來現在要離開不太可能。

在兩人的引導下，我們來到附近的公園，在剛更換的街燈下找到一張長椅坐了下來。

「…………」

「嘿咻。」

我坐在正中間，她們兩人分別坐在我的兩側。

左邊是一刻都沒把視線從我身上移開的亞利沙同學，右邊則是臉上一如往常掛著笑容的藍那同學。

（被兩位美女夾在中間，感覺很丟臉的南瓜頭男性……嗎？這到底是什麼情況啊？）

再讓我說一次，這到底是什麼超現實的畫面啊！

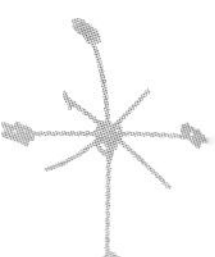

某種意義上很慶幸不會被她們看到我冒著冷汗的表情，同時我也不禁偷偷瞄了一眼一直對我投以我熱情視線的亞利沙同學。

「啊啊……真棒。」

這個人為什麼自顧自地露出恍惚的表情啊？

我完全找不到打破這個僵局的方法，此時藍那同學就像為了解救我那般開口說：

「姊姊，我能打從心底理解妳為何感動，可是不可以讓他覺得困擾吧？」

「啊……說得也是。妳說得對。」

這時我感覺亞利沙同學投注過來的眼神總算有些許減弱。

聽了藍那同學那番話後，亞利沙同學輕咳了兩聲，以冷靜的態度鄭重向我這樣說：

「當時真的很謝謝你。是你救了我們一家人。」

亞利沙同學從剛才就一直握著我的那隻手更加用力。

由於被她當面道謝，我直直地看著她，不過我發現亞利沙同學露出了與當時相同的眼神——看起來很像在尋求依靠，彷彿在一個值得信賴的存在面前找到一線希望的那種眼神。

我差點就把整個意識都放在亞利沙同學身上，然而此時坐在另一邊的藍那同學似乎也把手放在我的肩上溫柔地撫摸。

「能告訴我你的名字嗎？」

她的聲音非常殷切。

當下的氛圍讓我感覺只要我不說出名字，她們肯定不會放手。雖然很猶豫該怎麼做，我還是決定坦白回答。

「我的名字是……」

「…………」

彼此只有在那個夜晚還有這次相遇，所以不需要記起來，我希望她們能快點忘記。

不是用堂本隼人的名字，而是用我所編造的其他名字。

亞利沙同學一直在等待我的回答。

為了避免使用真名，我用來撐過這個局面所想的名字就是這個——

「傑克。我的名字是傑克。」

這個名字取自傑克南瓜燈，應該挺完美的吧！

下一刻，兩人呈現出截然不同的反應。

「傑克先生♪」

「噗哈！」

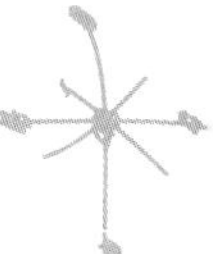

傑克——亞利沙同學的臉染上紅暈，露出感慨萬千的模樣喃喃地說。藍那同學則抱著肚子哈哈大笑。

「你就是我的……」

話雖如此……我可以說一句話嗎？

自我報上傑克這個名字之後，亞利沙的眼神變得更加恐怖了。

（現在我才發現不該叫傑克……這個名字真是太羞恥了。為什麼我剛才會一臉得意地抱著自信講出來啊！雖然看不到我的臉就是了！）

真想當場逃走，好想設法處理這個害羞的情緒……可是我被兩人從兩側牢牢圍困，無法逃脫，這樣的困境實在太難受了。

（……而且，大概是因為她們兩人都靠在我身上，可以感受到胸部的觸感。）

這種超乎高中生的尺寸與柔軟，使我的腦袋一陣暈眩。

不管是誰都好，快把我從這個可以說是天堂也可以說是地獄的空間救出來——縱使我在內心如此吶喊，想當然耳不會有人來幫忙。

「呵呵，隼人同學，你在傷腦筋嗎？」

「那當然啦……咦？」

我不由自主地把目光猛然轉向藍那。

「隼人同學？」

雖然聽到亞利沙同學發出困惑的聲音，此刻我已無暇在意那邊。

藍那同學的表情並非在戲弄我，而是以無比溫柔、令人安心的眼神凝視著我。

「抱歉喔，其實我不久前就注意到了。姊姊一直到現在都沒有察覺，可是我早就已經知道你是誰了。」

藍那同學以混合著笑容與歉意的表情如此說，我聞言後在南瓜頭套底下微微嘆了口氣。

當人們驚嚇過頭時似乎會變得異常冷靜，我很清楚藍那同學的話代表什麼意思。我都像這樣把真面目藏在南瓜頭套底下了，她依然稱呼我為隼人，這意味著她真的發現了這件事。

「……那我繼續藏著臉也沒什麼意義了吧。」

既然已經被發現了也沒辦法，於是我摘下南瓜頭套。

「是隼人同學耶！」

「你、你是……」

眼見我摘下南瓜頭套，藍那同學率先驚呼，而亞利沙同學看到我的模樣一臉詫異……話說藍那同學，妳離太近了！比剛剛還要近！

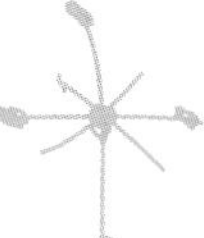

「藍那同學？這樣我會很害羞，麻煩妳離我遠一點……」

「咦～？明明是感人的重逢場面耶！」

不對，藍那同學已經知道我的真實身分了吧……再說我們昨天和前天都聊過天，哪裡有什麼重逢啊？

不過，她究竟是什麼時候發現我的身分呢？

我很在意這點便問了一句，結果更令我驚愕不已。

「是在觀察姊姊被告白的現場時發現的喔♪」

「……根本一開始就知道了嘛。」

既然這樣，從那時開始就辛苦地繃緊神經的我到底是……順帶一提，她說當時有八成確定，是透過後續的交流才完全掌握我的身分。

「藍那……」

「因為我想稍微獨占一陣子嘛……」

「真是拿妳這孩子沒辦法。」

姊妹倆把我夾在中間展開和諧親密的交談，不過亞利沙同學握著我的手力道真的很強。

既然都到這一步了，也只能隨遇而安了，於是我重新把視線投向亞利沙同學開口說：

「那個……隱瞞了這麼久，對不起。不對，道歉感覺也很奇怪就是了。」

基本上我當然不打算自報名號說當時救了她們的人就是我。另外也講過很多次了，我不要求任何回報。

即使如此現在還是被發現了，只是純粹運氣不好再加上巧合的作用下才會這樣罷了……啊，不對，既然藍那同學發現了，亞利沙同學說不定也早就知道了。

「隼人……大人……」

「大人……？」

亞利沙同學一度低下頭，隨即又抬了起來。

「我鄭重自我介紹，我是新條亞利沙。非常高興……非常高興能見到你。」

亞利沙瞇著眼睛，彷彿在看著什麼耀眼的存在那般，這個模樣讓我感到困惑。

儘管感受到亞利沙對我發出的目光有些詭異的氣息，我仍然無法逃避她的目光。

「請多指教……新條同學。」

我如此回應後，藍那同學突然湊到我眼前這麼說：

「我可是最先跟他打好關係的喔，嘿嘿嘿♪」

「等一下，藍那同學……？」

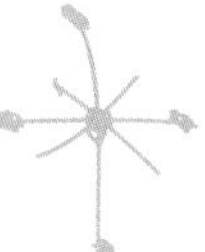

「……藍那？」

亞利沙同學散發出一種灰暗的氛圍，隨後那股氛圍又悄然消失，她就像要與藍那同學互別苗頭那般挺身站了出來。

「是否也能用名字亞利沙直接叫我呢？我希望你務必叫我的名字，不用客氣。」

「…………」

雖然用名字稱呼不是問題，就像之前叫藍那同學名字時那樣，我還是覺得非常惶恐。

不過既然我已經用名字直接稱呼藍那同學了，今後如果繼續以姓氏稱呼亞利沙同學，這樣會不會不公平呢……儘管是很奢侈的煩惱，我最後還是放棄掙扎，說出了她的名字。

「亞利沙同學？」

「唔……請不要加上稱謂。麻煩你就像對待物品那樣……對不起，請像對待親近的友人那樣叫我。」

「呃……」

就說直呼名字根本是直接跳到朋友的階段了啊！

亞利沙同學用那藍色的眼眸筆直地盯著我，就像在表示除非我直接叫她名字，否則就不會移開視線……於是我投降了。

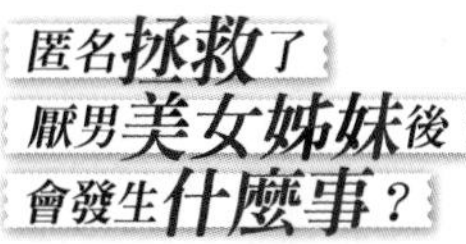

「知道了。相對的，妳的口氣能普通一點嗎？雖然我們算是第一次說話，明明彼此都是同年級，講話畢恭畢敬的感覺很奇怪。」

「這……這樣我會很惶恐。」

「這句話應該是我來說啦。」

我才惶恐吧。這是重要的事情，所以講了兩次。

明明只是去掉敬語而已，亞利沙同學卻非常煩惱，然後好像總算認同那般點了點頭。

「遵……知道了。以後請多多指教，隼人同學。」

「嗯。亞利沙，請多指教。」

「……唔哇♪」

亞利沙同學那過於端正的五官彷彿扭曲一般，頓時笑得合不攏嘴。

眼見亞利沙同學嘴角動來動去、低頭嘟囔，我頓時感到害怕，不由自主地向後弓起身子，然而這樣一來就碰到了坐在我後面的藍那同學。

「只有姊姊太狡猾了。你也可以直接叫我的名字喔？」

「……藍那？」

「唔……真棒呢。心都揪成一團了♪」

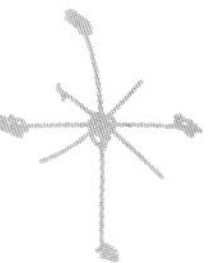

亞利沙低著頭喃喃自語，藍那的身體顫抖得扭來扭去，我則拿著南瓜頭被夾在她們中間……這到底是什麼畫面啊？

後來因為已經很晚了，我們很自然地就地解散。

雖然在整個過程中我一直被她們的節奏耍得團團轉，最後我還是有件事想對她們說。

「我想送妳們兩個回家……不，讓我這麼做吧。」

雖說她們有兩個人在一起，這一帶已經相當昏暗。考慮到之前發生過那種事情，所以我就更擔心了。

「由於發生了那件事，警方暫時會加強這附近的巡邏，不過還是希望能讓我送妳們回去，這也是為了讓我自己安心。」

「你在擔心我們嗎？」

「那是當然的吧？」

「唔……隼人同學♪」

女性是需要被保護的存在——我並不打算強加這種觀念，但是這兩人的情況有些不同。

後來我把她們送到離家不遠的地方，不過與其說是我帶領她們，反而更像是她們牽著我的手在往前走。

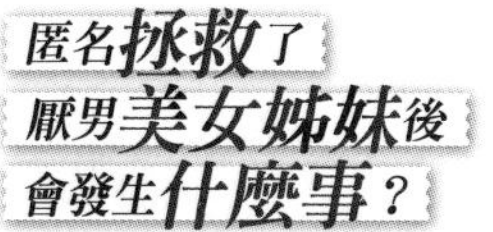

「那就這樣了，隼人同學！」

「我們在學校見吧。」

在這兩位美女的目送下，這次我終於踏上了歸途。

經歷如此令人印象深刻的時間，實在教人感到疲憊，然而由於與她們的距離如此接近，我現在回想起當時感受到的溫暖、柔軟以及好聞的香味，就讓我的臉頰有些發燙。

「……我果然還是個高中生臭小鬼耶。」

一邊思考這些事情，我回到了家。

▼
▽

如果這就是命運，那麼我應該會相信它。

從差點遭到那個強盜侵犯的那天開始後經過幾天，我終於再次與他相遇了。起初他自稱傑克，但是現在知道他其實早就和藍那認識，而且還是就讀同一所學校的同學。

「堂本……隼人同學……隼人同學……隼人大人。」

當我親眼看到他取下南瓜頭套露出真面目時，不禁心跳加速，彷彿重新體驗到了當時的

心跳。

他那有些亂翹的髮型與溫和的眼神，儼然是個正直的優秀青年。

本以為他肌肉發達，實際卻並非如此。我可以清楚感覺到他有在鍛鍊身體，也許他在從事某種運動。

雖然湧起各式各樣的想法，我只是一眼就迷戀上他。我想和你多說說話，想繼續看著你，希望你不斷地呼喚我的名字。

我想要儘快成為你的所有物。

「……呵呵。」

我還是第一次感到如此亢奮。

那個人就是我的……當我想像到這件事時，身體深處就奇妙地酥癢難耐。我想待在他的身邊，想讓他開心，想要獻出我的全部來成為他的支柱……我現在滿腦子都是這種想法。

「而且……他一直在看著我們呢。」

隼人同學一直在看著我們。

我知道他住在附近，一旦對上眼神就會互相打招呼。我不禁想要用詛咒殺死過去的自己，為什麼我不早點認識他呢？他一直在保護我們。

「沒錯……隼人同學一直在保護我們。他當時幫助我們可說是命中注定。」

沒錯，他一直……等等，如此一來我又做了什麼？

明明他一直在保護我們，我又為他做了什麼呢？

對……我什麼也沒做。既然如此，我如今該做的事情就只有一件。為了報答他一直保護我們的恩情，我只能成為一心一意扶持他的道具了吧。我會在身旁守望他，成為只屬於他的存在，作為他的所有物永遠留在他身邊。

「……這樣真是太棒了♪」

作為專屬於他的東西而活，這就是我出生的意義。

我在和朋友的對話中表達了想成為他奴隸的想法。這樣沒有任何問題，我想成為他的奴隸。沒錯……就是這樣！

「呵呵……哈哈哈哈♪」

太棒了。這是多麼美好的世界啊。

隼人同學……隼人大人……這種甜美的名號化為快樂竄過我的身體。我現在就像這樣真正地展開我的人生。

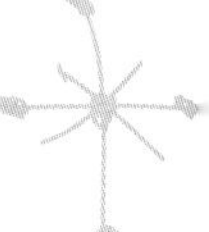

我，新條亞利沙是隼人大人的奴隸……這種感覺讓我受不了，非常難耐。

我的主人……啊啊，可是好像有點害羞。不過我的心裡非常滿足，非常幸福。唯獨這點毋庸置疑。

「……但是，突然說這種話會讓他覺得很傻眼。怎麼辦呢，亞利沙……該怎麼讓自己成為隼人同學的奴隸呢？」

這個課題看來要持續很長一段時間。

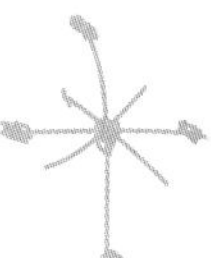

大家聽說過鬼壓床嗎？

我現在正遭到奇妙的鬼壓床。

「…………」

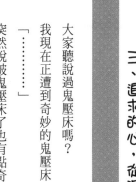

突然說被鬼壓床了也有點奇怪，不過我的身體真的動不了，實在教人困擾，有沒有人能幫幫我啊！

「…………」

就算我想大聲呼救也發不出聲音，自然也沒人能夠來幫助我，而且就算能發出聲音，由於我在家睡覺，只有一個人……嗯，看來是死局了吧。

與其無意義地掙扎，還是老實躺著吧。當我如此心想，隨即聽見兩人的聲音。

「沒事的，隼人同學。」

「不要緊的，隼人同學。」

這個聲音難道是……！

儘管我內心覺得不可能，仍舊拚命地想讓嘴唇動起來，希望她們能救我脫離這個狀況。

剛才聽見的，無疑是新條姊妹的聲音！拜託，救救我！

「那當然。」

「當然嘍。」

疑似她們的手觸碰到我的身體。

這個動作彷彿是要讓我放心那般以手掌溫柔地撫摸著我，可是由於眼睛還睜不開，離真正的安心還很遠。

「沒事的，隼人同學，你只需要繼續沉溺在我們的懷抱就好了。」

「是啊，這樣我們就能永遠在一起了——」

她們的手觸碰到我敏感的部位，同時催促地問我希望她們怎麼做的樣子。她們溫柔的呼吸在耳邊迴蕩，令我有種酥麻的感覺，此時我才突然驚醒過來，睜開眼睛。

「……唔！」

我用力踢開被子挺起上半身，隨後深深地吐了一口氣。

過了一會兒順利地冷靜下來。不過，雖說眼前是一片黑暗，竟然作了剛認識的同學年女

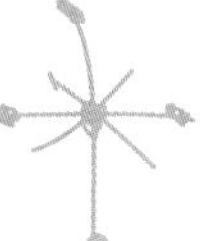

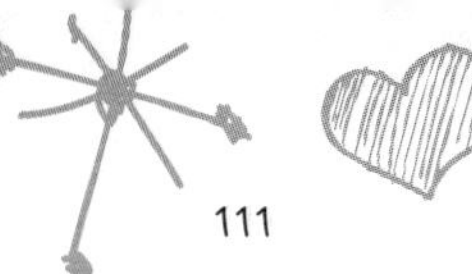

孩子勾引我的色色的夢，感覺實在是罪孽深重。

「我這是欲求不滿嗎……」

不見其人只聞其聲的這種狀況反倒讓我更加興奮……啊，不行、不行，不可以想那種奇怪的事！

「……亞利沙與藍那啊……」

星期六晚上，我和她們說了很多話。

雖說我沒料到藍那早就發現我的真實身分，仔細想想會從聲音露餡也沒什麼好奇怪……不過就她來說，可能不是這個問題。

「不僅聲色與身高，連手都會注意到，實在讓我嚇到了。」

因為那樣的事情，我算是和她們正式見面了。

當然，以前也說過了，我只要有成功救出她們的這個事實就滿足了，所以不打算要求比口頭道謝更多的謝禮……應該說我甚至希望她們別在意了。

「……不過，沒想到她們竟然允許我直接叫名字。」

這在某種意義上算是與身為美女姊妹的兩人打好了關係。與那麼漂亮的女孩子們變得親密，作為一個男人當然很開心。

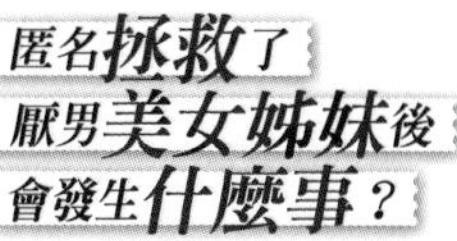

『媽媽也很想見你，請務必找個機會讓我們招待你喔？』

『嗯嗯，隼人同學的話我們非常歡迎喔。希望你能讓我們盛情招待你一下。』

她們在離別之際說了這種話，萬一這段對話被學校的男同學知道的話，我不知道會受到什麼樣悽慘的對待……雖說我不打算提及，她們肯定也不會說出口，一想像到這點還是覺得有點可怕。

「好，該準備上學了。」

今天是每星期第一天的星期一，是情緒最低落的日子，身為學生卻沒辦法。

起身的我簡單地用過早餐，整理好東西便朝空無一人的家中說：

「我出門了。」

儘管我知道沒有人會給我回應，這個習慣始終如一。

我用肩膀扛著書包，走在平時的上學路上，就在我恰好經過新條姊妹家的時候——

「……啊！」

不知是不是偶然，我和家裡出來的藍那同學對上了眼。

她在看到我的瞬間便衝了過來。像她這種擁有極致身材的女性，一跑起來就有東西會晃動——就是那傲人的雙峰。

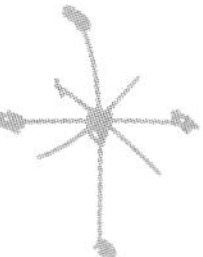

「早安，隼人同學！」

「早安……藍那。」

「嗯♪」

一大早就看到如此燦爛的微笑，感覺剛才的不良情緒都受到了淨化。

然而，藍那同學像這樣離開家門，想當然耳姊姊亞利沙同學也會在場。

「……咦！」

後面才出來的亞利沙同學也注意到我，與藍那同學一樣打算往我這邊衝過來，不過藍那同學阻止了她。

「姊姊，先把門鎖上。」

「…………………」

亞利沙同學以有點不滿的表情轉過身子把門鎖上，接著再次轉身朝我們小跑過來。

「早安，隼人大……咳咳，隼人同學。」

「喔，早安，亞利沙。」

「唔……♪♪」

所以為什麼每次只要叫個名字，妳就會渾身顫抖啊！

起初我還想說有可能是在害羞，如今看起來並不是那麼一回事的樣子。

不過話說回來，我們還是第一次在早上就像這樣對話。

以前也不過是眼神對到才會互相點頭問好罷了。像這樣親切地與對方交流，一大早就會讓人心情很好。

「像這樣一大早就在家門口對話還是第一次呢。」

「是啊。雖說我們基本上都遇不到就是了。」

「可是今後不一樣了……對吧？」

我可以把她的意思理解成，今後早上一旦對上視線就會有這樣青春的交流嗎？

「姊姊？」

「…………」

「亞利沙？」

當我與藍那交談時，抬起頭的亞利沙便目不轉睛地看著我。

與剛才相同，聽到我叫她的名字時，她的身體就猛然一顫，腰間也在不停地晃動……該不會是忍著不去上廁所吧？要是真是這樣，作為男性的我說出來可能不太合適，所以還是保持沉默吧。

「姊姊真是的，妳太沒節操了。」

「我唯獨不想被藍那這樣說。」

她們姊妹講了一段我摸不著頭緒的對話，再度看向我。

亞利沙的藍色眼眸給人冷酷的印象，而藍那的紅色眼眸則給人柔和的印象。我被她們以這樣的視線注視，詢問她們兩人要不要去學校。

「去啊？」

「要去啊？」

「……請。」

「請？」

「為什麼？」

「……咦？」

對話到此斷掉。

兩人都保持一定的間隔持續盯著我，不過到了這個地步我才總算理解她們的意圖。

「難道要一起去嗎？」

「是啊？」

「那還用說？」

她們果然這麼想。

我踏出一步後，她們兩人果然也跟著邁出步伐，然而不知為何，她們走路時就像刻意把我夾在中間一般。

「當然是到途中而已喔。隼人同學也不希望被傳出各種奇怪的八卦吧？」

「是沒錯……」

確實傳出流言蜚語，和某人扯上關係會很麻煩。

或許有人覺得怎麼可能會有這種事，不過這兩人就是處在如此特殊的立場。

儘管對她們告白的人絡繹不絕，要是有某人被她們所接受且就這樣開始交往，甚至有傳言說那個對象的下場肯定會十分悽慘。

「不用擔心喔。我不打算做那些會給隼人同學添麻煩的事情……不過，至少可以允許我們在這種人煙稀少的地方找你搭話嗎？」

「我也想拜託你。因為我不希望我們就像永遠不認識的外人那樣生活。」

受到兩個女孩子這樣要求，當然不可能說不行。

「不用說得那麼誇張也不要緊啦。對我來說這種感覺就像朋友增加了一樣，我還希望妳

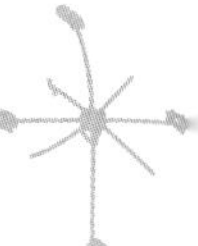

們務必和我相處和睦……應該說請妳們這麼做！」

我像這樣以有點誇張的方式告訴她們，隨後兩人有一瞬間目瞪口呆，但是立刻又微笑著對我點了點頭。

「太好了。」

「耶♪」

……她們的笑容真的很漂亮。

不過，要是知道我對她們作了很下流的夢，我可以輕易就想像到她們露出厭惡的表情。

（話說回來，姑且不論藍那，原來亞利沙也會像這樣笑啊。）

在屋頂被人告白的時候，亞利沙說自己心有所屬，可是到頭來依然不清楚她是否討厭男人。既然會像這樣對我露出笑臉，感覺就絕對不是討厭男人，看來傳聞果然是空穴來風嗎？

「怎麼了？」

「不……我忘記是從誰那邊聽說的，有傳言說亞利沙討厭男人。既然妳現在像這樣和我在說話，那果然只是謠言吧。」

我這樣說完，亞利沙點頭表示原來如此，接著說下去：

「討厭男人……說得也是，真的要說的話，我是很討厭又不擅長應付吧。不過那是指那

些會以下流眼神看著我們，或是不考慮我們感受的那種人喔。如果只是正常說話，我都可以對答如流。」

「是這樣啊。」

「比起我，藍那反而更誇張喔。」

「咦？」

藍那反而更誇張是什麼意思？我絲毫沒聽到關於她的那類傳言，而且我也經常和她說話，完全沒有那種感覺。

我把視線轉向藍那，隨後她對我露出有些邪惡的賊笑。

「我可能比姊姊更討厭男人吧。老實說，我現在甚至覺得除了隼人同學以外的男人都應該消失呢。」

「…………」

「別、別當真啦！消失只是開個小玩笑而已啦！我沒有在想那麼過分的事！」

我覺得她說話的語氣倒是挺認真的。

可是我還是不希望她說出「除了我以外」這種話。因為這樣會讓我小鹿亂撞，最重要的是很容易誤會……畢竟藍那現在與我的距離很近，我光是要保持平常心就已經費盡九牛二虎

之力了。

「隼人同學還有什麼其他想要問我們的嗎？不管是三圍還是其他任何事都可以問喔？」

「別這樣。」

這……我是有一瞬間很好奇啦，可是以常識來說這樣不行吧！

我完全陷入藍那的步調當中，此時藍那進一步扔出炸彈。

「姊姊，隼人同學說他想知道妳的三圍。」

「好啊。從上到下分別是八十八、五十七、九十——」

「亞利沙同學！」

「噗噗……哈哈哈哈哈哈！」

眼見亞利沙漂亮地引爆炸彈，我不禁對此驚慌失措，藍那則真的覺得這樣的我很有意思，捧著肚子大笑著看著我。

話說亞利沙為什麼要這麼正直地回答這種重要的個人情報啊！而且她看起來還不知我為何驚慌失措，就這樣愣在原地，難不成亞利沙其實是天然呆嗎？

「啊～啊～戲弄隼人同學真的太有趣了♪」

「……這樣對心臟不好，拜託妳別鬧了。」

應該說差點就停下來了。

我對露出賊笑的藍那投以怨恨的視線後，亞利沙便目不轉睛地看著我如此說：

「為什麼要阻止我？」

「……嗯？」

為什麼要阻止是什麼意思？

眼見我歪著頭感到不解，亞利沙明明被我知曉了三圍卻一臉平淡地繼續說：

「隼人同學知道自己穿的衣服尺碼吧？」

「嗯？是啊。」

「因為是自己的，你肯定知道對吧？」

「是啊……？」

「所以我覺得沒什麼好奇怪的啊。」

對不起，我實在不太明白妳在說什麼。

雖然我與亞利沙之間的對話有點牛頭不對馬嘴，如果再悠哉地閒聊下去，到學校的時候可能會遲到。

後來我們又閒聊走了一段距離。到了人多的地方之後，我就和她們兩個告別了。

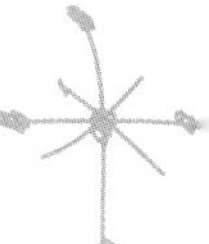

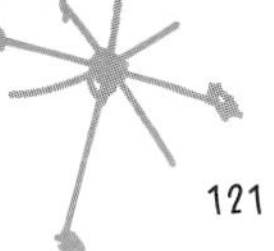

「……感覺一大早就好累啊。」

我如此嘀咕，小聲地嘆了口氣。

好啦，雖說我像這樣與她們重新認識了，學校生活並不會因此有什麼改變。時間流逝，轉眼間就到了午休時間。

「喂，你們兩個。」

「怎麼了？」

「怎麼了嗎？」

魁人以莫名嚴肅的表情對我和颯太搭話。

難道出了什麼嚴重的問題嗎？我們繃緊表情等待魁人開口。

「其實……」

「其實？」

「……我在煩惱該怎麼樣才能受女生歡迎。」

我與颯太同時敲了魁人的頭，覺得他在開什麼玩笑。

「不不不，我們進高中都已經過了半年以上耶？雖說我也一樣，你們身邊也完全沒有任何女生不是嗎！換句話說，誰都沒有享受到那種酸酸甜甜的青春耶！不會不甘心嗎！」

「……是沒錯啦。」

「確實會不甘心……可是也沒辦法突然就交到女朋友啊。」

我對颯太這番話點頭。

既然是高中生，我也可以理解為何會憧憬女朋友這樣的存在，然而對我而言以前交過的那任馬上就分手了，其實沒什麼好印象。

不過關於這點，我和她都沒有錯，其實不需要在意……即使如此，她依然是我第一個交到的女朋友，當時對此肯定具有各式各樣的想法。

「那當然……那是當然的啊！入學後發生了什麼事？我們自從相遇後就一直在一起對吧？不僅假日如此，連暑假也一樣，雖然都是男的，每天真的都很快樂。」

「是啊。」

「沒錯。」

「可是……你們不想要女朋友嗎？不想要歌頌一下酸酸甜甜的青春嗎？」

「也不是不能理解。」

「我懂你的心情。」

要歌頌酸酸甜甜的青春就需要對象，不過基本上為了要有那個對象，自然要透過各式各

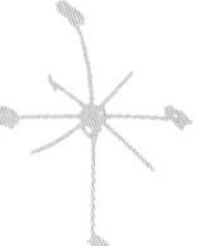

樣的努力。

「女朋友啊……不過我很討厭外遇。記得嗎？隔壁班不是就有人這樣。」

「啊，經你這麼一說的確是。」

我聽了颯太的話後想起來了，前一陣子隔壁班有個已經有男朋友的女生對男生出手。

「的確也發生過這種事。所以要交到一個不會外遇的女朋友！」

所以我們得為了這個目的努力不懈？對魁人如此說完，他便露出「你們終於懂了」的自信表情點了點頭。

「若是突然間發現喜歡的女生就在旁邊，確實很幸福呢。我聽了魁人的話後，也想交女朋友了。」

「對吧？」

「可是……就是這點很難啊。」

「……就是啊。」

喂，剛才那股幹勁上哪裡去了，魁人？

不只是魁人，颯太也因為生活周遭沒有女生而大受打擊。看著他們兩人的反應，我不禁露出苦笑……然後反射性地低喃：

「……說得也對。有某個人陪在旁邊還挺不錯的吧。在我來看光是那樣就很幸福了。」

「隼人……」

「是啊……」

自從失去父母之後，我或許在心底的某處一直渴望著別人的溫暖。

正因為有這樣的想法，如果有誰願意單純地陪伴在我身邊，對我來說就已經足夠了。

「抱歉，把氣氛弄得那麼僵。」

「你在說什麼啊，有什麼想說的儘管說。」

「對啊。人類這種生物就是會不自覺地把情緒悶在心裡，在爆發之前統統吐出來才是最好的。」

「講吐出來也太粗俗了吧？」

儘管如此我還是很高興他們兩人願意在乎我的感受。

就像這樣，即使心情低落，我還是再次體認到朋友們的存在真的成為了我每天的支柱。

（謝謝你們兩個。）

眼見他們兩人又在扯什麼女朋友之類的，我再次露出苦笑，同時也在心中對他們道謝。

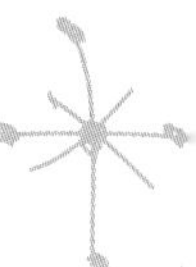

▼▽

「新條同學，我喜歡妳，和我交往吧！」

「不好意思，我對你沒有興趣。」

……既視感——我看到眼前的景象，不禁喃喃地說。

以前亞利沙被人告白的場景還記憶猶新，而眼前的景象就是把亞利沙換成了藍那而已。

這次會像這樣撞見也真的是純屬偶然。

我放學後走出教室，剛好看到藍那擺出打從心底覺得麻煩的表情，凝視著走在她前面的男生背影，所以我就這樣跟了過來。

「當時你也是這樣看著嗎？」

「是啊。藍那也是像現在的亞利沙這樣在看著喔。」

「原來如此，像這樣？」

「唔……」

亞利沙悄悄從後面把身體靠了過來，那正是之前藍那對我做過的舉動。

雖說是第二次了，我實在不可能習慣這種事情，差點就嚇到要大叫一聲，不過在千鈞一

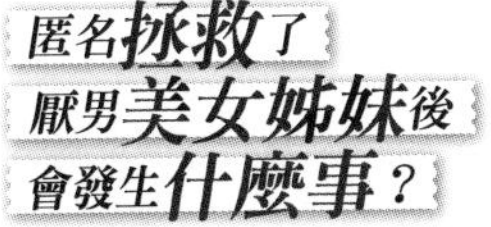

髮之際忍住了。

「呵呵，對不起喔。那我們在旁默默看著他們吧。」

「……好。」

之後我們默默看著在屋頂上的兩人。

絲毫不隱瞞自己想快點回去的藍那，以及苦苦哀求她改變心意、持續糾纏的男生。我看著他們兩人的對話，覺得很明顯就沒戲唱了，那個男生竟然如此有毅力，反而教人佩服。

「儘管我不會同情那個男生，卻覺得有點可憐呢。」

「如何？現在知道我之前為何會說藍那比我誇張了吧？」

「的確。」

我點了點頭。緊接著亞利沙繼續說下去：

「我和藍那從以前就非常引人注目。雖說現在頂多是同學對我們告白這種平凡的行為，就讀小學的時候我們還曾被班導叫出來，碰觸我們的身體喔。」

「真的假的……」

「是真的。其他還有許多原因……總之那些事情不斷累積下來，會對異性感到厭惡也是情有可原吧。」

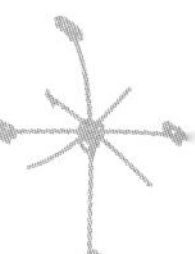

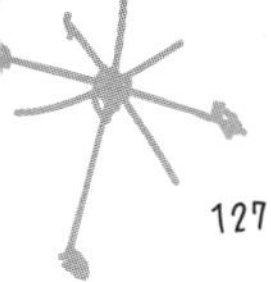

看樣子她們的年幼時期過得比我想像中還要痛苦。

我聽到這番話不知道該怎麼回答才好，可是我很清楚亞利沙為什麼說她不擅長應付男孩子，而藍那會直接說討厭。

「……發生了許多事呢。」

「是啊，真的發生了許多事。不過……就是有這樣的經歷，才讓我們遇見了隼人同學。這件事確實很值得我們開心喔。」

「亞利沙……」

老實說我這個人應該不至於讓她如此看重。

「不過話說回來，一點也沒有要結束的跡象呢。」

「咦？喔，的確。」

聽到亞利沙這樣說，我重新把視線移回到屋頂。

就算不用豎耳傾聽，也可以聽見男生很拚命的聲音，不過對他完全沒有興趣的藍那則一臉厭煩地將視線從男子身上移開。

「總覺得那傢伙……」

「怎麼了？」

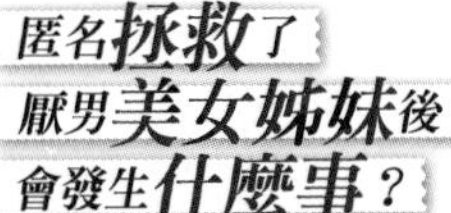

「沒有啦……我只是覺得他好像從頭到尾都只說著藍那的外貌。」

「對吧?在這個當下他就出局了。」

「說得真果斷呢。」

「這是事實喔。」

後來過了幾分鐘左右，男生總算放棄了。

他完全沒有要隱藏那不甘的表情朝這邊走來，我們見狀和上次一樣躲了起來。

「那麼隼人同學，我先去讓藍那冷靜一下。」

「哈哈哈，加油啊，姊姊。」

「好的。」

亞利沙莞爾一笑，移動到屋頂上。

我目送她離去的背影突然感到莫名疲憊，就這樣走回教室把書包拿在手上離開學校。

「……沒想到那兩人居然有那樣的過去。」

我想起亞利沙提到的過去。

年幼時期，正確來說是從小學開始就已經成為男人洩慾的對象，要是有什麼差池，可能會發生什麼無可挽救的後果……這樣的處境一定讓她們非常地難受，而且還因此留下了討厭

的回憶吧。

「她們自己也知道學校都在傳聞她們是對美女姊妹……肯定一直以來都是冷眼看待會那樣誇讚她們的男孩子吧。」

就如同剛才藍那露出的表情那樣。

「不過，我也同樣會把她們兩人稱為美女就是了。」

既然她們願意信任同樣是男性的我，就我個人來說即使不打算那麼積極地與她們接觸，依然會想在她們困擾的時候出手相救。

「縱然相遇的場景差到不行，這也是一種緣分，我想珍惜這樣的關係。」

即使對方突然有了深交的對象，這點也不會有任何改變。

話雖如此，在學校的時候我沒有和她們有明顯的互動。

亞利沙與藍那被同學或是學長接二連三地告白，也說明了她們非常受歡迎。

偶爾在校內看到她們時，在身旁的總是女性朋友，鮮少看到有男生待在她們旁邊。

正因為這樣，我很清楚她們只要毫不避諱地與特定的男生交談，肯定會招來許多臆測，所以她們或許是為了我著想，在學校裡面的互動會停留在最低限度——可是若是在學校外面

就另當別論了。

「……就是這裡啊？」

某天放學後，我站在一間看起來很時髦的咖啡廳門口。

這間咖啡廳有著非常可愛的外觀，平常我絕對不會進去。為什麼我現在會來到這裡呢？

那是因為放學後有人邀我一起喝茶。

「總之先進去吧。」

我做好心理準備走進裡面。店員穿著適合這間店的可愛褶邊服飾，熱情地迎接我。

我稍微瞥了店內一眼確認，發現女性的數量壓倒性地多。儘管也有男性，與女性相比實在少了許多。

「請問是一位嗎？」

「不，我跟別人約好了……」

我這樣說著與店員交流了一下後，隨即聽到充滿精神的聲音。

「隼人同學！在這邊喔～！」

「……啊，是跟那邊的美女一起嗎？請便。」

店員看到從遠處向我招手的女孩子，理解狀況般的點了點頭，敦促我走向座位。

「不好意思，稍微晚了一點。」

「完全沒關係喔。」

「是啊，我們很開心你願意過來。」

沒錯，與我約好的人就是亞利沙和藍那。

午休時間，我在旁邊沒什麼人的地方偶然遇見藍那，她就邀我放學後一起去咖啡廳喝茶，我透過放在鞋櫃的便條紙來到了這裡，就是整件事的來龍去脈。

「都把便條紙塞到鞋櫃了，不可能不來吧？」

「嗯嗯，我稍微利用了隼人同學溫柔的一面♪」

姑且不論這樣算不算溫柔，畢竟我也沒事，放學後能與兩個美女度過反而是我賺到了。

我坐在她們兩人對面的位子，看了一下菜單思考要點什麼。

菜單附上照片讓人看了淺顯易懂，上面有各種看起來很美味的甜點，感覺就是女孩子會喜歡的店。

「……嗯？」

正當我思考著該點什麼而看著菜單時，我不經意地抬起視線，這才發現她們兩人正目不轉睛地盯著我。

當我們眼神對上後，兩人都對我莞爾一笑。由於那個笑容實在太美，讓我頓時難為情起來，不由得用菜單遮住臉。

「姊姊，隼人同學在害羞呢♪」

「呵呵，真可愛呢。」

我希望不要說男人可愛……

我為了打破這個難以言喻的氣氛，就像要強行改變話題般環視了一下周圍開口說：

「我第一次來這裡，感覺女性客人很多呢。」

「是啊。基本上比較少看到男性。不過我們也會和朋友來這裡。」

「哦～」

「蛋糕之類的也很好吃，是我很中意的店家喔。」

「這樣啊。」

從她的說法聽來，亞利沙非常喜歡吃甜食嗎？

不過聽說大部分的女性都喜歡甜食，這樣藍那肯定也超喜歡吃甜食吧？

「姊姊太喜歡吃甜食了啦。和我完全不一樣。」

「咦？是這樣嗎？」

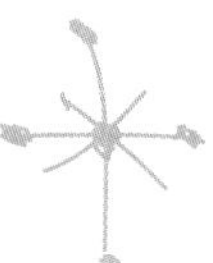

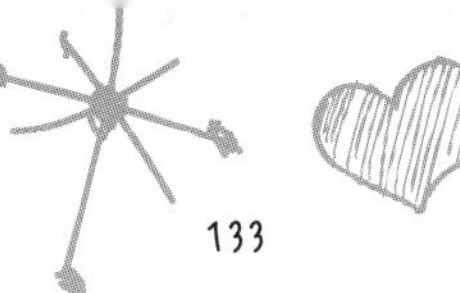

「嗯。因為我最喜歡吃辣的了。」

「就是啊。前陣子這孩子要我陪她到處吃超辣食物時，我還以為會死呢。」

「………」

亞利沙一臉怨恨地看著藍那，藍那則佯裝若無其事地躲避她的視線……不過話又說回來，這兩人的興趣完全相反嗎？

又得知一件關於她們姊妹的情報，接著我很普通地點了杯咖啡。

之後我抿了一口端上來的咖啡，發現咖啡的苦澀恰到好處，正好中和掉了與她們在一起的緊張氣氛。

「欸欸欸，隼人同學，我們好不容易都像這樣在聊天了，要不要交換一下聯絡方式？」

「咦？可以嗎？」

「請你務必答應！」

「姊姊，妳的鼻孔都撐大了，冷靜點。」

「呼嘎！」

藍那用手按住亞利沙的臉，結果亞利沙發出了女孩子不該發出的聲音……講起來有點可恥，總之跟豬叫一樣。

順便一提，對亞利沙剛才那股氣勢頗有微詞的藍那露出了有些嫌棄的表情，這讓我印象深刻，感覺很新鮮。

「那麼……呃，麻煩妳們了。」

「嗯！」

「好的！」

就這樣，我與新條姊妹交換了聯絡方式。

這樣一來就可以隨時傳簡訊或打電話了，不過這類事情的對象一旦換成異性，就不禁讓我煩惱隨意聯絡她們真的好嗎……對國中那時交的女朋友我也是這樣想的。

「謝謝妳們。」

「不會，我們才要謝謝你♪」

「…………」

姑且不提笑容滿面的藍那，亞利沙凝視著她的智慧型手機一動也不動。

不知道是不是我的錯覺，她的眼神有些昏暗，好像在低語著什麼一樣？

「……這樣……我就是……只屬於……的東西了……」

「姊姊偶爾會像這樣在那邊耍笨，不要在意喔。」

不是啊，會很在意吧！

藍那聳了聳肩笑著說「雖然我能理解她的心情啦」，不過做妹妹的會覺得姊姊這樣的反應很有趣嗎……在我看來覺得很驚人就是了。

「欸，隼人同學，我們換個話題。你曾經想過將來的夢想嗎？」

「將來的夢想？我還沒什麼想法吧。」

畢竟我才高中一年級，自然沒決定將來要做什麼，便老實地這樣回答。

「藍那有什麼想法嗎？」

「我應該是想生孩子吧。」

「喔，非常直接，很像女孩子會有的夢想……打算生孩子的意思也就是說，妳想要建立一個幸福的家庭對吧？」

我點頭認為這是個不錯的夢想。

「是嗎？」

「嗯，我真的這麼想喔。」

「這樣啊……嘿嘿嘿♪」

太好了，好像給出她想聽到的回答。

藍那把視線投向亞利沙後，她也回答了。

「我想成為那個人的力量。希望能永遠不離開那個人，一直待在他身邊守護他，我想成為只屬於那個人的東西。」

想成為那個人的力量啊？這種想法真是直接。

「隼人同學，你怎麼想呢？會覺得我這種想法很噁心嗎？」

成為只屬於那個人的東西……意思是她想成為那個人重要的存在吧。

「不會啊？我覺得亞利沙的想法很棒啊。話說能像這樣直接說出想成為別人的力量，反而很了不起吧？」

想要成為某人的力量，我認為這樣的願望非常高尚。

儘管與藍那的想法大相逕庭，我不會嘲笑亞利沙的夢想，而且真的覺得她很了不起。

「我安心了。謝謝你，隼人同學。」

一臉滿足的亞利沙挺起身子。

「抱歉，我稍微去洗個手。」

「了解～」

亞利沙起身往廁所走去。

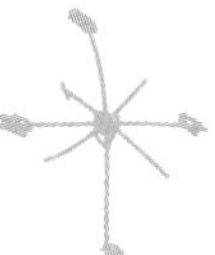

藍那露出賊笑眺望著亞利沙離去的背影，我看到這幕景象後，覺得還是要提醒一下。

「藍那，別人要去上廁所不應該這樣一直盯著看啦。」

「咦？……啊，是這個意思啊？抱歉、抱歉，沒錯，隼人同學說得對。」

她的反應跟我想的有點不一樣呢。

後來在亞利沙回來之前，我跟藍那變成兩人獨處。藍那用吸管玩弄著空杯子裡的冰塊，同時小聲說出這種話：

「欸，隼人同學，雖然現在才問……」

「嗯？」

「那個時候，你為什麼會毫不猶豫地幫助我們呢？」

「這個嘛……」

她說的那個時候，想必就是那起事件吧。

我對這個問題沒能立刻就給出答案。為什麼救了她們？仔細想想也沒有別的理由。我會出現在那裡真的是偶然，到最後都沒人受傷堪稱是一種奇蹟。

「……該怎麼說呢。」

「…………」

眼見藍那凝視著這邊，我這樣回應：

「老實說我當時覺得自己碰上了麻煩的狀況，但是我並沒有打算逃跑。回過神來就已經戴上南瓜頭套動起來了。」

「……是這樣啊。」

當我回過神來，身體已經動了。

因此才能成功救了妳們。所以我真的打從心底認為妳們能平安無事真是太好了。

「真的幸好妳們沒事。」

那個時候我也這樣說過，這句話是我的肺腑之言。

「……唔……啊啊，我不行了。」

「藍那？」

「……不行……要來了……這樣我肯定會想要。」

「藍那同學？」

「……我沒事。嘿嘿嘿，謝謝你，隼人同學。」

「喔、喔……」

後來在亞利沙回來之前，藍那一直撫摸著自己的下腹部。難道說她也想去上廁所嗎？儘

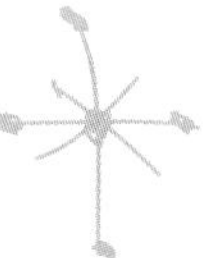

管我內心如此想著，當然不可能問出口。

▼
▽

「……唉♪」

和隼人同學一起在咖啡廳度過的那個夜晚，藍那在吃完晚飯後回想起今天發生的事情，不禁幸福地嘆了口氣。

最近總是這樣。

每次這樣一個人獨處時……不，應該說她無論何時滿腦子都只有隼人。每當想起他，身體深處就會隱隱難耐，渴求著他，想要把這種渴望化為言語表達出來。要是只是在家裡倒還好，現在在學校也很有可能會這樣，所以有點傷腦筋。

「呵呵……隼人同學……隼人同學！啊啊……真是太棒了。」

每當她想起那一連串的對話，想起當時的事情就會很不得了。

『真的幸好妳們沒事。』

不止是話語本身，藍那同時還從他的眼神中直接感受到他確實如此認為的真摯情感。明

明隼人同學就在面前，她的身體卻不自覺地渴求他。覺醒的女性本能貪婪地渴求名為隼人的雄性。

藍那必須忍耐那甜美的低語，動員全身上下的理性壓抑住那份感情。

「……唔……啊啊，不行，真的要不行了……都是因為……因為隼人同學說出我最想聽到的話……」

他接受了藍那所說出的一切。他以那溫柔的聲音、體貼的心，以及堅毅的眼眸肯定了所有一切。這樣一來，藍那心底的感情自然變得越發強烈，慢慢膨脹，壯大到無法阻止。

「……嗯。」

然後，心情像這樣亢奮，藍那自然會想像起不久前還讓她覺得無比噁心的行為，以及若是把對象換成隼人會有什麼想法？

「……隼人同學，摸我……我什麼都會照辦……為了你，我什麼都做得到。所以給我更多的——」

『藍那，生下我的孩子吧。』

「唔～～～～～～～～～～～～～～～～！」

活在想像中的隼人如此說道的瞬間，藍那的身體忍不住猛顫。可能是在不知不覺間脫掉

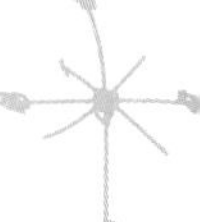

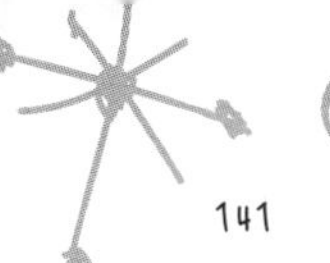

了睡衣，微微凌駕於姊姊之上的豐滿酥胸頓時裸露在外。

「……呵呵，只有隼人同學能這麼做喔。」

如此受到男性喜歡的豐滿肉體只有他能肆意享受。藍那不禁心想，想要為了他時常保持美麗的外表與萬全的狀態。

『總覺得藍那是這樣沒錯，不過亞利沙也變得更漂亮了呢。』

被男生告白的時候總是會被誇讚很漂亮或是很可愛，她們自然也察覺到自己身上散發出的魅力已經遠遠超過了高中生這個階段。然而不管是亞利沙還是藍那都沒注意到一件事。

那就是她們身上散發出來的那種誘惑男性的荷爾蒙變得越來越強。原本因為厭惡男性而壓抑著戀愛的情感，如今獲得解放後使得兩姊妹變得更有女人味。不僅僅只是心態上的轉變，甚至就連她們的身體也變得更加充滿魅力。

「隼人同學……」

藍那拿出智慧型手機，視線落在今天新增的聯絡人。

「堂本隼人」這個名字顯示在自己的聯絡人清單之中。每當確認到這個名字，藍那都會有種無比的喜悅湧上心頭。

要是注意力稍微渙散一點，她臉上就會浮現讓人覺得噁心的笑容，這代表藍那就是如此

沉溺於隼人。想要把他的存在刻在這個身體，用身體的內側去更加感受他──藍那一直抱著這種難以停止的情感。

雖然成功知道了他的聯絡方式，還想要更加了解他。他至今為止都過著什麼樣的生活、他的家庭成員為何，以及他在家裡會做些什麼？要是能了解他的一切，不管花多少時間都不成問題。

藍那想著今後的事，不禁噗哧笑了一聲。

儘管她的笑容有些扭曲，那確實是知曉戀愛的少女面容。

「……如果只是為了說晚安而打電話……會被他嫌棄嗎？」

那晶瑩剔透的皮膚微微滲出汗水，遠遠超出高中生規格的豐滿肉體毫無保留地裸露在外，加上她的話語單純到讓人覺得不平衡……或許在某種意義上，這就是藍那扭曲的地方。

妹妹是這個樣子，姊姊又是如何呢？她和藍那不同，正以端正的姿勢坐在書桌前面的椅子，單手持筆在筆記本上寫下文字。

「…………」

不論是亞利沙還是藍那都是模範生，她們的成績在整個學年名列前茅。亞利沙就算說是

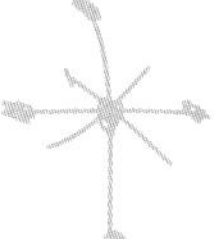

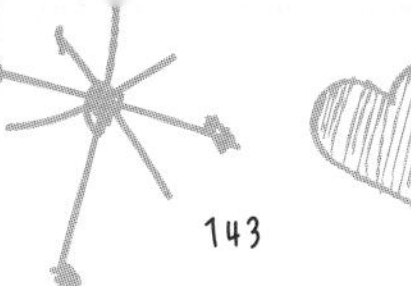

整個學年的第一名也不為過，所以她即使像這樣坐在書桌前也是很自然的景象。

不過，要說她真的有在念書，可能就不是這麼一回事了。

「…………」

亞利沙在筆記本上寫著字，那個姿勢可以說是所有人念書的標準楷模。她凝視著的筆記本上密密麻麻地寫著：

【隼人大人。】

這串緊密的文字非常整齊，動筆的力道與寫字的筆跡完全相同。亞利沙的表情流露出任何人都認同的冷酷眼神，讓人不知道在想些什麼，不過起碼可以明白她是因為思念某位男性而做著這種事。

「……隼人同學……隼人大人。」

她思考著想要把自己的生涯獻給他的那個男人。一想到隼人，亞利沙的表情也與藍那一樣起了變化。

今天知道了他的聯絡方式，這樣又更加有機會成為他的所有物了。可是這樣還不夠，亞利沙希望知道更多更多有關他的事情，並且為他出一份力。

「……隼人大人真的太過分了……居然讓我變成這個樣子。」

雖然她嘴上說著過分，卻不是真心這樣想。

至於為什麼亞利沙會這樣說，這也是基於她身上發生的變化。她與藍那一樣因為厭惡男性，對戀愛這類事情絲毫不感興趣。她也曾認為自己絕不可能愛上男性這樣的存在。

然而，自認識隼人之後，亞利沙以此為契機發生了巨大的變化。

回過神來身體就變得火熱，渴求著他。縱使想著要成為他的奴隸、他的道具，與此同

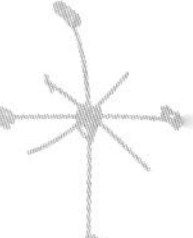

時也湧出了想要作為女性被愛的慾望。然後想要成為他的支柱，而且在其中如果還能受到關心，就足夠幸福了。

「……唔……又變得這麼大了。」

亞利沙盯著自己因興奮而膨脹的雙峰，臉頰染上紅暈低喃。

她本以為自己一輩子都與這類事情無緣，然而僅僅只是脫下一層束縛，就讓亞利沙變成現在這副模樣。只是聽到隼人叫著自己的名字，身體的內側就會感到疼痛難耐；只是聽到他肯定自己的想法，就會讓她無法忍受。

藍那也知道這件事，不過她自己對隼人的心意也一樣，所以不會取笑亞利沙。倒不如說她認為這樣的情感作為女性是理所當然的，反而會在亞利沙的耳邊低語，要她盡情地去思念隼人。

「……隼人大人……你現在在做些什麼呢？我……我好想……」

我正在一邊想著您，一邊做著絕對不能說出口的事情——亞利沙用她那顫抖而模糊的聲音低聲說。

和藍那一樣，亞利沙也因為知曉愛情，為男性觀帶來了某種變化。

不過變化最大的說不定就是她。她理所當然地不了解男性，反而無法明確地理解男性追

求的是什麼。可是，沉睡在亞利沙體內的本能散發出誘惑男人的魅力。

亞利沙思念著隼人同學，身體變得更具女人味。

她因為想著隼人，而讓自己變得更加可愛、更加美麗，而且更加淫蕩。

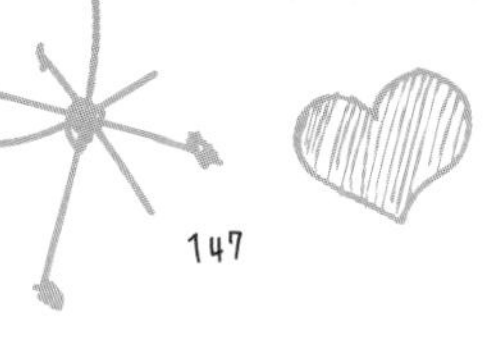

四、包裹其中的溫暖與愛的泥沼

otokogirai na bijin shimai wo namae mo tsugezuni tasuketara ittaidounaru

「……好閒啊。」

星期日中午過後，我洗著杯麵的容器低喃。

認識亞利沙與藍那她們兩人，而且關係變得相當親近的上星期實在過於忙碌，導致不用去上學的這個週末顯得格外安靜且無聊。

「不對，家裡面只有我一個人，會覺得很閒也是沒辦法的事。」

這樣的話，邀請颯太或魁人一起出門或許也不錯，可惜的是他們兩人都有事，時間配合不上。

我發著呆猶豫要看動畫還是看漫畫，之後想說機會難得，決定乾脆出門一趟。

「說不定會有非常驚喜的相遇……開玩笑的。」

或許是因為我想著這種事情，所以這個相遇事件就像必然那般發生了。

「……咦？」

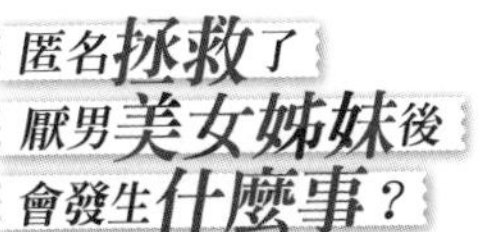

「哎呀？」

我想說偶爾也看個衣服而來到折扣店，此時映入眼簾的人竟是亞利沙。

我們都瞪大雙眼注視著彼此，然後我把目光投向亞利沙拿在手上的衣服。

「女僕裝？」

這裡當然販賣各式各樣的商品，架上多少也有一些Cosplay的服裝，像女僕裝這種平常沒辦法看到的衣服也有在販賣……不過我沒想到亞利沙會對那個看得興味盎然，害我不禁僵在原地。

「你好，隼人同學，竟然會在這種地方遇見，真巧呢？」

「是、是啊……妳好，亞利沙。」

既然我們都像這樣相遇了，自然不可能說聲再見就立刻閃人。

我本來不覺得她會挽留我，因此自然而然地轉過去背對著她。不過她在那瞬間把我叫住，我便朝她走了過去。

「那個……我嚇了一跳。原來妳對女僕裝有興趣啊？」

「是啊。如果是為了一心一意侍奉某人的打扮，我想這件衣服再適合不過了。隼人同學，你覺得如何？你覺得我適合穿女僕裝嗎？」

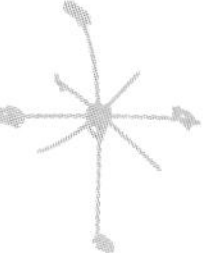

被這樣詢問後，我想像了一下。

這個世界存在被稱為女僕咖啡廳的商店，在社群網站也經常會看到別人穿著女僕裝的照片，不過我從未看過認識的人在如此近的場合穿著那種衣服。

「……唔嗯。」

好啦，眼前的亞利沙穿上去會怎麼樣呢……感覺非常適合呢。

首先，漂亮的漆黑長髮就彷彿大和撫子那般給人古風的感覺。或許是我的錯覺，不過我認為亞利沙穿上去後整個人的氛圍會莫名合適。

（肯定非常適合吧。溫馴的清純巨乳女僕啊……這種角色經常會在漫畫出現，是男人的夢想之一呢。）

我不顧亞利沙的提問在腦內胡思亂想，此時她拿著女僕裝走向了更衣室。

「亞利沙？」

「我稍微試穿一下。」

「咦……」

她迅速地轉身走向更衣室。

當我還疑惑為什麼要穿上的時候，亞利沙已經消失在門簾的另一端……話說我現在是不

是得等她才行啊？

「……就等吧。再怎麼說亞利沙的女僕裝都是稀有畫面。」

由於認識的日子尚淺，要說稀有畫面也很奇怪，總之我決定等待亞利沙。

我隨便玩了一下智慧型手機上網亂逛，就這樣過了幾分鐘，她終於打開門簾從裡面走了出來。

「……哦哦。」

「如何……？」

在眼前的是貨真價實的女僕。

儘管整體的配色只有黑色與白色，到處都附上了蕾絲摺邊，讓這件衣服給人的印象更加可愛。

由於是迷你裙風格的女僕裝，自然會目睹到亞利沙那健康且豐腴的大腿……更重要的是，由於這套衣服可以清楚看出身體的曲線，非常強調那豐滿的胸部。

（……呃，我在冷靜地分析個什麼勁啊！這樣根本就只是變態吧！）

眼見亞利沙滿臉通紅地抬頭望向這邊，我小聲地說了一句：

「那個……很適合妳喔。」

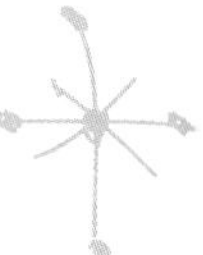

「真的？我可以成為你的女僕嗎？」

「唔……」

這句話是什麼意思啊？我聞言後不禁抿緊嘴脣。

認識之後才發現亞利沙有點天然呆，所以我知道剛才那句話沒有什麼特別的意思……可是這種說法與當下的氣氛還是會教人差點會錯意，害我有一瞬間差點暈了過去。

「那個，隼人同學，你試著命令我看看。把我當作專屬於你的女僕，對我下達命令。」

「呃……」

假日偶然遇見的女孩子要我對她下令，這種狀況該如何應對？在線等。

「隼人同學。」

「…………」

雖然是我的猜測，我若是沒有回應她的要求，可能就沒辦法回去了。

證據就是我的手腕被亞利沙緊緊握住，因此迫於無奈，我忍住害羞的情緒如此開口：

「侍奉我吧……？」

不對、不對，侍奉我是什麼意思啊？我對自己這樣吐槽後，發現當事人亞利沙面紅耳赤，眼眶都濡溼了。

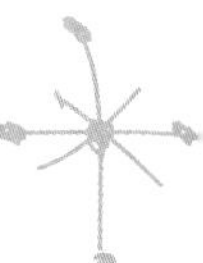

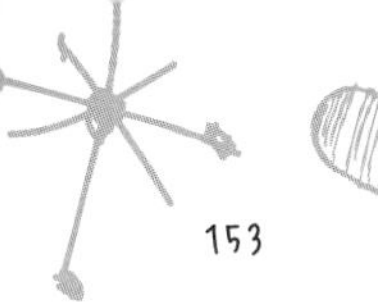

「……啊啊……唔……♡」

亞利沙的身體開始顫抖，然後就像要藏起來那樣再度關上了門簾。

我想說是不是我的講法太噁心了，不禁受到打擊，然而看起來不像是這麼一回事。她在試穿完衣服走出來之後，告訴了我這件事。

「我只是因為第一次這樣，覺得很驚訝而已啦。不過聽到有人願意讓我侍奉，感覺很不錯呢。」

「是這樣嗎？」

「是啊。因為這樣代表我能出一份心力♪」

儘管我不是很能理解她的心情，既然亞利沙很開心，我剛才的用詞想必沒有問題吧。

「今天藍那沒有和妳在一起嗎？」

「對。因為今天媽媽在家，她們兩個應該在一起吧。」

「是喔。」

看來她們家庭的關係真的很融洽。

就我來說她們終究只是外人，可是聽到她們的家庭感情要好，我也覺得很不錯。

「妳們感情真的很好呢。」

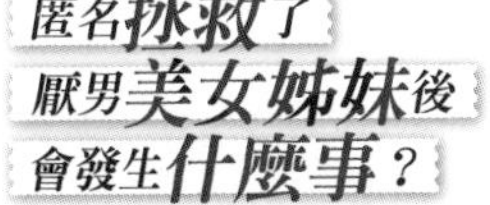

「是啊。自從爸爸過世後，我、藍那還有媽媽三人就一起生活，不過我們家的感情真的不會輸給其他任何家庭。」

亞利沙如此斷言。

我很羨慕她會這樣想，同時也覺得亞利沙的態度顯得堅強且令人欣慰。然而或許是腦海中想到她當時害怕強盜的模樣，我不禁把手伸了過去——撫摸她的頭。

「……啊。」

我在手碰到的瞬間就立刻收了回來，不過碰到她的事實依然不變，因此我立刻道歉。

「不用道歉，隼人同學。這簡直就像……沒錯。我覺得就像我去世的父親一樣溫柔，並不討厭。」

「……意思是我看起來年紀很大嗎？」

「呵呵，不是啦。不過這就代表我相當信賴你，想依靠你。」

換句話說，她把我和去世的父親重疊在一起嗎？

不知道這樣到底該覺得榮幸，還是要沮喪地抱怨我還年輕……

「啊，對了，隼人同學，其實我從以前就有件事想徵求你的同意。」

「徵求我的同意？」

亞利沙點點頭。

「我與藍那就像這樣認識了隼人同學，不過媽媽還不知道你……那個，在隼人同學看來或許會覺得這樣很多此一舉，可是媽媽也是當事者之一，她一直很想向你當面道謝。」

「……啊～」

亞利沙她們的母親啊……

畢竟是生下她們兩人的母親，我知道她有著出眾的外表，而且我從以前就知道她釋放出來的魅力相當驚人。

儘管以前救了她們那時從來沒想過這種事……就算我不打算接受她們的道謝，既然都已經像這樣認識她們兩人了，也不能說毫無關係吧。

「其實妳們兩個可以告訴她已經遇見我就好，不過既然是受到幫助的一方，自然會很想當面道謝吧。」

「是啊。要是我和藍那沒有遇見隼人同學，肯定也會有同樣的感受……雖說藍那很早就發現了，我之前可是一直都想著這件事。」

「……這樣啊。」

我從亞利沙的眼眸感受到她希望我務必能與她母親見面的想法，我想說只是見個面也沒

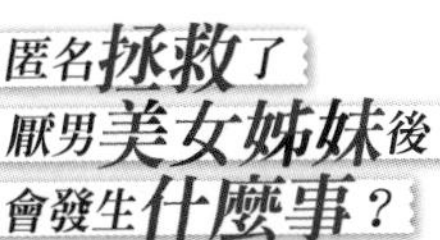

關係，便點頭答應了。

「真的嗎？謝謝你，隼人同學！」

「嗯。不過要見亞利沙妳們的媽媽啊……有點緊張呢。」

「由我來講好像很偏袒，可是她真的是個很溫柔的人，所以你放心吧。」

既然她是這兩人的母親，這點我當然明白。

今天突然過去拜訪也有點突然，所以我們把時間訂在下週末。

雖然要實際去她們家讓我感到很緊張，同時也因為我們都已經像這樣認識了而有種放心的感覺，真是不可思議。

後來我們道別之後，亞利沙又再次拿起放回原處的女僕裝。

「咦？妳真的要買嗎？」

「那當然。」

不用說，我後來目瞪口呆地說著：「啊，還是要買啊？」

▼
▽

「……終於到了這一天啊……」

很快地到了下週末，來到與亞利沙約好的這一天。

其實與亞利沙約好的當天晚上我就收到藍那打來的電話，她說很不甘心我們在她不在場的時候立下了這樣的約定，後來也千交待萬交待我絕對要來。

「我太快答應了嗎……」

來到這裡後，我才莫名感到緊張。

不過既然人都來了，也已經和她們約好了，就不能當作沒這回事。

「好……走吧。」

我下定決心般按下門鈴。

接著從裡面傳來匆忙的腳步聲，隨後門應聲開啟，藍那從家裡衝了出來。

「歡迎光臨，隼人同學！」

「唔喔！」

由於她突然飛撲到我懷裡，我擺出接住她的姿勢。不過她的速度其實有點快，害我一時有點往後仰。

「是隼人同學耶♪謝謝你今天願意過來♪」

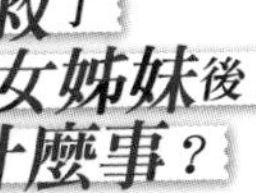

「還、還好啦……」

總之可以先離開我嗎？

或許是我的願望傳達過去了，儘管藍那離開了我身邊，她那嫣然的微笑始終如一。或許是還留著被抱住的觸感，害我的心一直怦怦跳個不停。

（……真可愛耶。）

十一月也進入中旬，氣溫變得比較低，因此我與藍那都穿著看起來很暖和的打扮。她那對被針織毛衣包裹起來的碩大酥胸，感覺就兩個層面來看都很柔軟。

「來！快進來吧！」

「妳先冷靜點！」

藍那就像在表示等不及了，直接把我拉進屋內。

由於那次令人不快的事件，我對於一樓的格局多少有些了解，直到客廳為止就算沒她帶路也不會迷失方向，內心不禁為此露出苦笑。

「姊姊！媽媽！隼人同學來了喔！」

「打擾了……」

連接著客廳的那扇門前面除了亞利沙之外還有另一位女性。

她的五官與亞利沙和藍那極為相像，是個不可方物的美女，我的目光差點就移向她比兩姊妹更加傲人的身體線條，不過我設法忍住了。

不僅垂至背後的穩重褐髮看起來很性感，臉上的淚痣也讓那名女性看起來更加妖豔。

「你就是那位……就是你啊。」

兩人的母親流露出感慨萬千的神情向我走來，以十分漂亮的動作低下了頭。

「自那個時候以來就沒有像這樣交談了，當時真的非常感謝你。假如沒有你，我們……我們現在肯定沒辦法笑著度日。」

我沒辦法習慣年長的女性對我低頭，所以慌張地開口勸阻：

「那個……請抬起頭吧！她們兩人已經對當時的事情向我道謝了……而現在也確實收到了妳的道謝。所以總之，大家平安無事就好了，這件事就這樣吧！」

「哈哈哈，隼人同學在不知所措♪」

「呵呵，不過這樣一來大家總算都見面了呢♪」

妳們別在旁邊看得很欣慰一樣，快點來幫我啊！

結果，兩人的母親花了相當久的時間，最後她才接受我說的話，把頭抬起來。

今天能夠再次像這樣看到她們三人，我內心還是感到相當強烈的安心感，同時也滿足地

覺得能救到她們真是太好了。

「……其實我原本很擔心妳們會不會因為那件事而多少留下心靈創傷。可是亞利沙與藍那看起來並沒有那種感覺，您似乎也很平靜，這樣我就放心了。」

身為女性，遇上那種經歷難免會導致內心受到無法癒合的創傷……當然她們多少還是留下了些許恐懼，然而光是能看到她們像這樣正常地生活，我所做的事情就值得了。

「今後請妳們三位也繼續和睦相處，過著幸福的生活。只要妳們能像以前那樣讓我偶爾看到那樣的畫面，對我來說就是最好的報恩了。」

我感覺自己好像講了非常難為情的事情，不過這是我的真心話。

兩人的母親聞言後瞪大雙眼，隨即笑了出來。

（……這個人還真厲害。既然是她們的母親，應該四十幾歲了吧？看起來實在也太過年輕了，就算說是她們倆的姊姊也會相信。）

擁有如此的美貌，而且身上散發的美色還混雜著成熟女性的魅力，我不禁覺得因為工作而待在這個人旁邊的男性肯定會很辛苦吧。

「我知道了。不過還是讓我再次鄭重地向你道謝。真的十分地謝謝你。」

她緊緊握住我的手如此說。

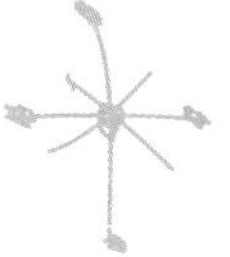

這樣一來這件事就真的結束了。只不過還有一件重要的事情沒做，先做好這件事吧。

「請容許我再次自我介紹。我是堂本隼人，請多指教。」

「我的名字叫做新條咲奈。既然你會直呼我女兒們的名字，要是也能直呼我的名字，我會很開心。」

「那麼就……咲奈小姐？」

「唔……好的！」

咲奈小姐露出兼具大人魅力的可愛笑容點了點頭。

總之對於初次接觸來說，這段時間可以說無比溫馨，真是太好了。不過我也只有一瞬間鬆了口氣，亞利沙與藍那抓準話題告一段落的那一瞬間，牽起了我的手。

「好啦，隼人同學，別一直站著，來這裡坐吧。」

「嗯嗯。嘿嘿嘿，總覺得隼人同學待在我們家實在很不可思議♪」

她們催促我在一張看起來很高級的沙發坐下。

我再次環顧客廳，發現這間房子的構造真的很出色。不過就三個女性居住來說，可能太大了吧。

（她們的父親以前也住在這裡吧……如果沒有發生什麼事，想必她們四人會一直過著快

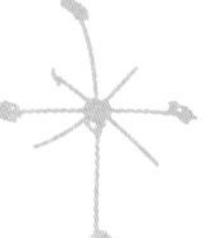

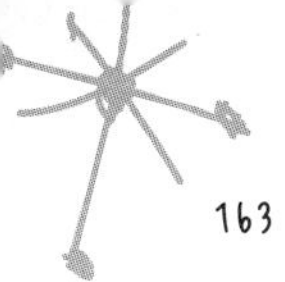

樂的日常生活吧。）

正當我想著這些事情時，咲奈小姐端了紅茶過來。

「來，請用。紅茶可以嗎？」

「當然可以。我要享用了！」

姑且不論咖啡，我平時不怎麼喝紅茶，感覺很新鮮。

這個紅茶帶有不錯的香氣，味道也偏清爽不會死甜，具有彷彿讓人從身體深處暖和起來那樣的安心感。

「也請嚐嚐這邊的點心吧。」

「謝謝。」

咲奈小姐將放著大量點心的籃子放在桌上，感覺被她照顧得無微不至，讓我有點過意不去。然而三人都對笑咪咪地看著我，這樣不吃她們準備的點心也不太好意思。

「話說回來，亞利沙，還有藍那？」

「什麼事？」

「怎麼了～？」

其實我從剛才開始就很在意一件事。

那就是坐在兩側的兩人離我非常近。雖然亞利沙只是稍微觸摸到我，藍那已經直接將那豐滿的雙峰緊緊地壓在我的身上，都要變形了。

我果然很不習慣這種狀況。

「妳們倆不要讓隼人同學太為難喔。」

「隼人同學很為難嗎～？」

「……該怎麼說呢……」

我正值青春期，感受到她們柔軟的觸感確實會覺得幸福。真心話是我不會討厭也不會覺得為難……不過這樣問太狡猾了。

「開玩笑的啦，對不起喔？不過我有點開心喔。好啦，姊姊也稍微保持一下距離吧。」

「……好吧。」

就這樣，兩姊妹離開了我身邊，咲奈小姐一臉開心地看著我們這樣的互動。

儘管我不會因為那股視線感到害羞，那溫柔的眼神讓我認為這就是母親該有的樣子，不禁默默地懷念起來。

「……嗯？」

怎麼回事，我覺得家人這樣的感覺很教人懷念，突然就想睡了。

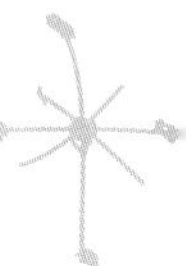

聽說喝了紅茶後就會想睡來著？我經常聽說咖啡會趕走睡意……還是昨天晚上因為緊張而沒怎麼睡的關係呢？

「唉呀，隼人同學，你想睡了嗎？」

「呃……那個，可能是因為我昨天有點熬夜吧。」

我這樣低喃後，咲奈小姐就把手放在嘴邊露出微笑說著「唉呀唉呀～」，坐在旁邊的亞利沙與藍那也紛紛說要用膝蓋給我當枕頭而開始爭論，我為此露出苦笑，同時將身體靠在沙發上好好放鬆……之後我的意識就沉入到黑暗之中。

▼▽

突然失去家人的悲傷讓人難以想像。

然而，那時所感受到的悲傷，和隨後感受到的孤獨感……我早已隨著時間的流逝而習慣了，實在很令人懊悔。

起先是父親因為意外過世，幾年後母親也因病去世，那個時候我感覺自己的心裡就像被開了一個大洞。

儘管爺爺和奶奶因為有些複雜的理由排擠我，外公和外婆卻十分疼愛我。所以當我變成孤身一人時，他們當然也曾邀請我去那裡和他們一起生活。

「……對不起，外公、外婆。我不想離開這個家。」

雖然外公和外婆的提議很令人感激，我不想離開這個充滿與父母回憶的家。有很大一部分也是因為這裡是我一直以來熟悉的地方。

「我明白了。我們尊重隼人的想法。相對的，萬一出了什麼事情，要立刻拜託我們。約好了喔？」

「……嗯，謝謝你們。」

畢竟我是唯一的孫子，會擔心是理所當然的……即使如此外公和外婆還是尊重我的想法，協助我過著一如往常的生活。

後來我也逐漸對沒有雙親的世界習以為常，由於人會隨著時間經過而慢慢習慣，現在一個人的生活對我來說沒有哪裡不對勁。

但是……有時我也會不自覺地去想像。

『隼人。』

『隼人。』

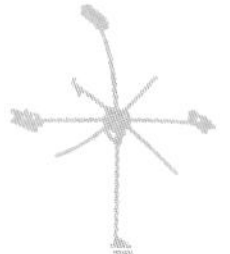

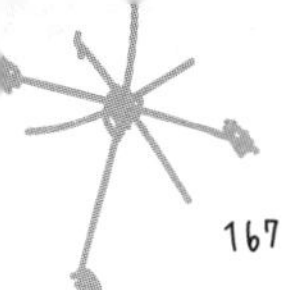

我會夢想父母現在依然活著，想像他們呼喚著我的名字，不過我也清楚那是不可能的，只能放棄這個想法。

總之我想說的意思就是，就算習慣了，我的內心深處始終渴望著家庭帶來的溫暖……有時就算是下意識地想到父母已經過世也會讓我感到寂寞，每當這種時候我就會很沮喪，不過我都會激勵自己，說這樣子不行。

「我沒問題。不僅有擔心我的外公和外婆，身邊還有認為我是重要知己的颯太與魁人……所以我沒事。」

無論再怎麼寂寞，既然我還與他人有所聯繫，就能繼續努力。

只要不會被寂寞與孤獨擊潰，我就不會悲觀地想要追隨雙親的腳步離開這個世界。

與好友們相處時自是當然，儘管現在與亞利沙、藍那她們兩人相處總是讓我心驚膽跳，依舊很開心。

所以沒問題。不管發生什麼事，我一定都能克服。

「隼人同學。隼人同學？」

……嗯？是誰？

隨著被拍打肩膀的感覺，聽到有個溫柔的聲音在呼喚我的名字，我下意識地睜開雙眼。

「……咦？」

睜開眼睛的我頓時啞然失聲。

因為我的面前不知道怎麼搞的，有兩顆巨大的球……不對，是包裹在毛衣裡的巨乳。

「……奇怪？」

因為前後記憶不太穩定，我不禁感到困惑，不過可以知道有人讓我靠在膝蓋上睡覺。

「……這樣啊。我睡著了嗎？」

此時我想起剛才與亞利沙、藍那還有咲奈小姐聊到一半，睡意就漸漸湧現。

所以我就這樣直接睡著了嗎……呃！

「不、不好意思！」

「沒關係喔。你再繼續躺著休息一下吧。」

我原本打算起身，此時有人把手放在我的肩上。

聲音的主人是咲奈小姐。我似乎在她的大腿上睡著了。

（……她的膝枕與其說難為情，反而令人放心……這就是包容力嗎？）

我冷靜地想著這種事情，不過還是覺得這麼做不太妥當，因此我依然找到機會挺起了上半身。

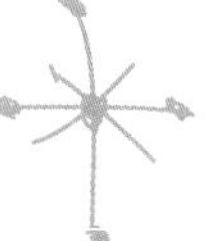

「啊……」

緊接著咲奈小姐發出很捨不得的聲音，眼見她的眼神彷彿在訴說「為什麼？」，頓時讓我覺得有點過意不去。

話說回來，既然咲奈小姐像這樣用膝枕讓我睡在這裡，那麼亞利沙與藍那又在做什麼呢？我才剛這樣想，就看到兩人在廚房煮飯。

「……咖哩？」

空氣中飄來了咖哩的香味。

「啊，你起來啦，隼人同學。」

「其實原本是我打算用膝枕讓你睡的……媽媽真狡猾。」

即使被亞利沙盯著，咲奈小姐也毫不在意。

我想說為什麼在煮咖哩，後來才意會到現在已經中午了，所以她們兩人才會煮飯吧。

雖然我原本打算中午前就回去，看來我得在這裡享用咖哩了。

「她們兩個是為了讓隼人同學吃才煮的喔。因為隼人同學睡著了，才臨時決定要這樣做。假如你待會兒沒事，請務必留下來吃飯吧？」

「……呃，那我就恭敬不如從命了。」

我沒想到會在這裡享用午餐，不過從剛才開始就不斷飄來的香味刺激著我的食慾，讓我想儘快吃到。

「……啊。」

結果我的肚子發出很大的聲響，被旁邊的咲奈小姐聽到了。

「呵呵♪」

「唔……」

被人聽到肚子咕嚕咕嚕叫的聲音，任誰都會覺得難為情。

我當然也是如此，臉龐頓時變得火燙，不過用手遮住嘴巴微笑的咲奈小姐真的笑得非常燦爛。

雖然說過好幾次了，這個人就算在介紹的時候不是說母親而是說姊姊，我也不會有任何懷疑……因為她看起來就是如此年輕。

「怎麼了嗎？」

「不，那個……總感覺咲奈小姐與其說是母親，更像是姊姊呢。」

「哎呀哎呀，這樣誇讚真令我開心呢。」

不愧是成熟的女性，聽到我的誇獎也完全不會害羞。

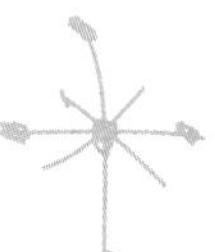

如此這般，咖哩似乎已經煮好了，藍那很大聲地喊道：

「煮好了喔～！」

「我們現在過去。來，隼人同學，我們走吧。」

「啊，好的！」

我們四個人圍著桌子坐下。

我面前放著看起來非常美味的咖哩，沒有放什麼特別奇怪的東西，就是很單純的咖哩。

「……看起來好好吃。」

仔細想想，我也好一段時間沒有像這樣吃到手工製作的咖哩了。

要是說我看得口水都要流出來了或許有點誇張，可是它散發出讓人食指大動的香味，真的很符合這樣的形容。

「請吃吧，隼人同學。」

「趕快吃吧♪」

通常來說會想要立刻開吃的我應該更加迫不及待，然而亞利沙和藍那兩人為了知道我的感想而催促我快點開動，反而讓我變得比較鎮定。

「……我開動了！」

我雙手合十，用湯匙舀起咖哩醬和飯。

「啊嗯……唔……好好吃。」

「太好了！」

「對呀！」

聽到我不自覺流露出的感想，亞利沙和藍那互相擊掌。

眼見她們如此開心，反而讓我也感到高興，不過我的手並沒有因此停下來。

（……真好吃……真好吃。真的好好吃……而且……而且……！）

不僅美味，還帶有一絲懷舊的感覺。

明明味道和普通的咖哩沒什麼兩樣，她們蘊含在這碗咖哩當中的心意就彷彿喚起了我曾經的記憶。

（媽媽以前做的咖哩也是這樣嗎？）

雖然我努力堅持住，讓自己不要過於感傷，然而三人似乎都注意到我的情緒，目不轉睛地凝視著我。

「隼人同學？」

「你怎麼了？」

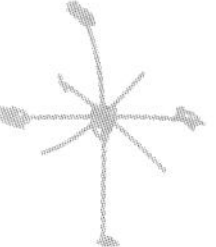

儘管有些回憶湧上心頭……我並沒有說出口。

我盡可能露出一個表示自己沒事的微笑，努力不讓氣氛變得尷尬。

後來，我將兩人做的咖哩吃得精光。

「若是下次還有機會，我也會大展廚藝煮一頓好菜色。到時再讓我招待你喔。」

「……咕嘟。」

我們在享受午餐時聊了許多事情，亞利沙和藍那說她們已經向咲奈小姐學會了各種料理，這次的咖哩只是簡單的即席料理，她們其實想做更精緻的那種。

我一聽說是咲奈小姐教會她們煮飯，就不禁心想她的料理究竟會有多麼美味？我如此期待的同時，肚子差點又叫了出來。

「那個……假如有機會，就務必拜託妳了。」

「好的！到時候你一定要嘗嘗喔♪」

後來我在三人的目送下移動到玄關，只是簡單打個招呼就離開了。

「呃……真的不用客氣喔？」

「別這樣說啦，隼人同學。」

「對啊，我們也想繼續送你到更遠的地方呢。」

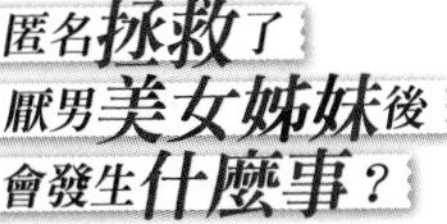

亞利沙和藍那都說要陪我走到更遠一點的地方。

即使我說不需要這麼做，她們還是從家裡跟了出來，我實在沒辦法拒絕。

「今天真的好開心啊。雖然各方面都讓我很緊張，也和咲奈小姐說到話了，這樣這件事也算告一段落了吧？」

「……是啊。」

「……對啊。」

「嗯？怎麼了？」

雖然我覺得應該在這邊告別，她們的臉上似乎有點不悅。

我擔心自己犯了錯，然而回想了一下發現並沒有那樣的記憶，頓時對她們的反應有點一頭霧水。

（……不對，咲奈小姐好像也曾露出她們兩人這樣的表情？）

我不由得在意起這點，就在我這麼想的時候——

「那個，隼人同學，吃午餐時……你為什麼會露出那樣的表情呢？」

「唔……」

亞利沙直盯著我突然如此詢問。

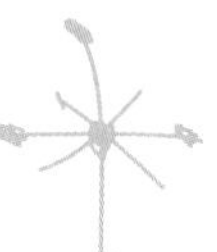

原來如此，看來她們還是很在意那時的事……不僅是亞利沙，藍那也盯著我的臉。

「……對不起喔，隼人同學。因為隼人同學當時的表情以及表現出來的氛圍，從平常的你完全想像不到，我們才會很在意。這樣問是不是……太超過了？」

確實如此，我的確可以輕易要求她們不要追問。

可是我不知為何對她們說不出口……我想說告訴她們也沒關係，於是決定這麼做。

「等等。附近有座公園對吧？我們去那邊吧。」

「是啊。坐在那邊談話可能在各方面都會比較輕鬆。」

「……謝謝。」

那是以前我戴著南瓜頭套與她們再次相遇後去過的公園。如果是那裡，確實只要走一段路就會到，所以我沒有拒絕的理由。

「自從那次之後就沒來過這裡了呢。」

「嗯嗯！是與南瓜頭騎士隼人同學重逢的地方！」

「不要說什麼南瓜頭騎士啦！」

拜託妳別用那種非常俗氣的名字叫我！

藍那輕聲笑著，我嘆了口氣。就像當時一樣，我被她們兩人夾在中間坐在長椅上。

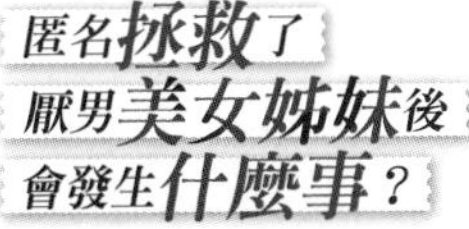

沒有什麼事情需要拖延，所以我決定直截了當地告訴她們。

「事實上……有部分是因為妳們做的咖哩實在非常好吃，而且我感受到了蘊含在裡面的心意。這讓我的心情變得非常溫暖，想起了母親以前為我煮的咖哩。」

「原來是這樣啊……咦？以前？」

「隼人同學的媽媽以前為你煮的……？」

看來她們兩個都猜到了。我點了點頭，然後繼續說：

「其實我現在一個人住。很久以前，我父親就過世了，然後過了一段時間，母親也離開了……所以我剛剛才會想說那就是家庭的溫暖。透過亞利沙、藍那和咲奈小姐，我回想起了這一切，就變得有點感傷。」

所以當時的氛圍才會變成那樣——我如此向她們解釋了當時的情況。

「對不起喔。與其說是感傷，這種話題應該很不愉快吧？不過我的外公和外婆都很關心我，我現在也依然很有精神地在父母留給我的家中生活，不要緊的。所以——」

我正要說出真的沒問題的時候——亞利沙和藍那就像要把我夾起來那般抱了過來。

「妳們兩個！」

「隼人同學，現在就讓我們這樣做好嗎？」

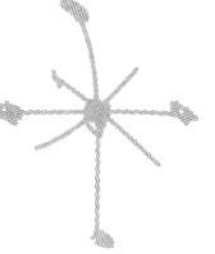

「就是啊。對不起，害你想起了難受的回憶。」

「不，其實沒關係啦……」

基本上颯太和魁人都知道這些事情，我也不介意告訴別人。

所以我本來想說真的不要緊，要她們不要在意，然而就在我要說出來的瞬間——亞利沙把手帕放在我的眼睛上……幫我擦拭不知不覺間流下的淚水。

「……不會吧？我應該不至於哭吧。」

「也許隼人同學的心裡一直想宣洩出來吧？」

這……或許是這樣吧。

自從父母離開後，我就一直是一個人獨自生活，可是我知道不能讓身在天國的他們擔心，所以我一直擺出笑容努力生活……這樣的想法應該沒錯，不過我沒想到竟然會透過她們而讓我流下淚水。

「我去那邊的自動販賣機買點飲料。」

亞利沙如此說著站了起來。

藍那依然抱著我，然而她似乎想到了什麼，突然離開了一下，然後摟著我的頭。

「隼人同學，來，這樣會讓你感到更安心對吧？」

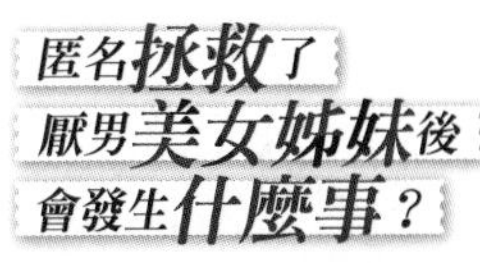

「等等！」

我被她豐滿的胸部包裹著。

與其說安心，這樣反而會讓我更加緊張。不過不可思議的是，她身上的香味、柔軟感以及全身散發出的溫暖，真的讓我的心情平靜下來，我不禁為此感到驚訝。

「對吧？」

「……嗯。」

這個動作彷彿帶有咲奈小姐用膝枕讓我靠著那時的安心感。

後來直到亞利沙回來之前，藍那都一直擁抱著我，此時我忽然想到一件事。

（……這種感覺真是不可思議。為什麼呢？想一直沉溺在這股溫暖當中……讓我想永遠深陷其中的溫暖……啊啊，不行，這樣太舒服了，感覺我的心都要壞掉了。）

後來，雖然我離開了藍那，卻感到一絲寂寞和不滿足。

「只有藍那真是太不公平了，我也要。」

「咦？」

緊接著剛回來的亞利沙也對我做出同樣的事情，她也讓我湧起一種類似的感覺。

之後我有點不捨地離開亞利沙的懷抱，喝下她幫忙買回來的汽水。

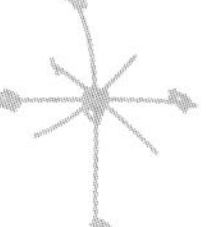

「……嘎啊啊啊啊啊啊！」

這種恰到好處的刺激似乎讓我恢復了精神。

因為她們兩人那超值的擁抱，我大概從中恢復了一些精神，可是該怎麼說，真的很感謝她們給我的溫柔。

「謝謝妳們，亞利沙、藍那。說實話，聽別人家的不幸故事肯定沒什麼意思，不過有妳們的鼓勵真的讓我很開心。」

「不要說沒什麼意思啦。我很高興你願意告訴我們喔？現在我感覺更了解隼人同學，更想實現自己想做的事情了。」

「對呀，隼人同學。你確實是幫助過我們的英雄，但是也有自己脆弱的一面……所以我現在想要變得更堅強，想像姊姊那樣更加努力喔♪」

我不知道她們兩人想要實現什麼，或是想努力去做什麼事情。

儘管如此，我依然能感受到她們非比尋常的決心，於是我告訴她們要好好加油，兩人聞言後互相看著彼此，隨後露出美麗的微笑點了點頭。

「是啊。我說藍那，明天就立刻開始嘗試看看吧。」

「是呀。欸，隼人同學！我和姊姊要幫你做便當喔！」

「……咦！」

聽到她們兩人說的話，我感到無比震驚。

這次我如此向她們講述了我的經歷，不禁讓我預感未來勢必會發生什麼事。

▼
▽

夜晚，時間已經過了十一點。

平常應該已是睡覺時間，但是她——亞利沙從床上起身穿上外套。

她走向能通往陽臺的房間窗戶。雖然打開窗戶時有一陣冷風吹來，亞利沙並不在意，直接走了出去。

「哎呀，藍那？」

「嗯。姊姊也和我一樣嗎？」

「是啊。」

兩人就像了解彼此那般相互點頭，肩並肩地仰望天空。

自從回到家裡，亞利沙就一直在想著隼人，看來藍那也一樣。

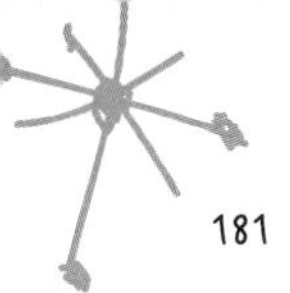

「我對隼人同學的思念變得更加強烈了。」

他把自己從前那悲傷的過去告訴她們，看到他眼裡流下淚水的那一刻，亞利沙再次堅定地下定決心，要獻出自己的所有一切成為他的支柱。

想要成為隼人奴隸的這份心意依舊沒有改變，反而更加強烈。

「我也一樣喔。倒不如說這麼溫柔又好的人得不到幸福，這種事情本來就很奇怪。」

聽到藍那的話，亞利沙點頭同意。

這次隼人告訴她們自己已經失去雙親，而且是一個人獨自生活，不過感覺他似乎還有些事情沒說。

她當然對此感到在意，可是現在最重要的是她想要成為隼人的力量……想要治癒他並扶持他。

「……藍那。」

「怎麼了？」

「我……有點不明白自己的心。」

「什麼意思？跟我說說看吧？」

姊姊亞利沙的提問引起藍那的關注，她溫柔地凝視著姊姊反問。

「那個……我想成為隼人同學的奴隸。我只是想為他派上用場，想成為他的力量，想成為他內心的支柱，一心一意地奉獻自己而已……然而每次和他待在一起，我都會產生純粹的好感。」

「嗯嗯。」

「我究竟該優先考慮哪一邊呢……」

因為難以得到答案，亞利沙發自內心感到苦惱。眼見她一臉煩惱地表達內心的感受，藍那馬上就像受不了那樣嘆了口氣。

「姊姊，妳的腦袋還真頑固呢。那種事情不管是哪一邊都沒關係吧？」

「咦？」

藍那露出賊笑繞到亞利沙的背後，順勢伸出手掌觸摸亞利沙胸前豐滿的果實。

「喂！」

「看，就像這對胸部一樣，思考要柔軟一點啦。」

「……這是什麼意思啦？」

亞利沙被人從後面襲胸亂摸一通，不過對方是她的妹妹，所以她並沒有特別在意，只是讓她隨心所欲地把玩自己的胸部。

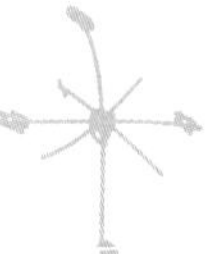

「不要想得太複雜，妳想對隼人同學做的事情，以及想要為他付出的事情都一樣，只要遵從自己的心就可以了。因為我也是這樣♪」

「……這樣就可以了嗎？」

「當然可以啦！」

「呀！」

胸部敏感的部位被緊緊抓住，使得亞利沙不禁發出高亢的聲音。

她瞪向藍那，以眼神詢問她到底在搞什麼，藍那卻像惡作劇成功的小孩般得意揚揚地笑了起來，絲毫不覺得自己做了什麼壞事。

雖然藍那笑成這樣，她立刻換上嚴肅的表情，繼續補充剛才的話。

「姊姊，我們最喜歡隼人同學了。這一點不會改變，與他相處的日子變得越來越多，這樣的思念也逐漸變得越來越強烈。」

「嗯。」

亞利沙點點頭。

「我們不想讓他逃走，想要他的愛……想讓他沉溺在我們的愛裡，想讓他依賴我們。」

「依賴……」

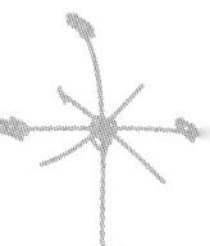

依賴——亞利沙不清楚這樣到底算不算好事。

然而她並未否定藍那的這番話。如果事情真的變成那樣，隼人將永遠陪在亞利沙與藍那身邊……至少這是亞利沙所希望的未來。

「我們的感情非常沉重，這點姊姊也能理解對吧？」

「是啊。我打從一開始就知道自己的情感與一般的好感不一樣。」

她了解自己的……不，了解她們的感情與一般人相比更為沉重。

即使如此也無法阻止這份心意，所以亞利沙與藍那才會如此渴求隼人……她們從內心深處渴望著身為恩人的他。

「或許有些人會嘲笑我們不過是被他救過一次就陷進去吧。可是這些都不重要。因為是我們的內心在渴望著他。」

「沒錯♪所以姊姊，我們去捉住隼人同學吧。用我們的愛填補他內心的空洞，讓他深深沉溺在我們的愛裡♪」

在這樣的交談之後，不知是誰的身體開始因寒冷而顫抖。

也許是因為交談了好一陣子，現在時間也接近凌晨十二點，亞利沙提議說「是不是該睡覺了」，藍那也點點頭……然而——

「喂，妳怎麼跑來這邊了？」

「有什麼關係嘛。偶爾一起睡一下啦，姊姊♪」

於是姊妹倆臨時決定一起入睡。

雖然床不是特別大，只要兩人緊緊依偎依然能躺下來。

「姊姊，雖然我們剛才感覺有點像是兩人開了個禁忌的會議，其實單純只是因為我們太喜歡隼人同學，喜歡到無可自拔，想讓他只屬於我們，不想與其他人分享而已。」

儘管嘴上講得很單純，其實並沒有那麼純粹——眼見藍那笑著如此說道，亞利沙也輕輕笑了出來。

「剛才的話——」

「嗯？」

「讓他沉溺在我們的愛裡這句話，感覺挺不錯的呢。」

「啊……對吧？」

隼人是個恩人，也是值得全心全意付出的對象。

亞利沙不想給他帶來困擾，也不想一味地把這份情感強壓在他身上，然而如果他能真心愛上亞利沙與藍那，沉溺在這份愛情的話，事情就另當別論了。

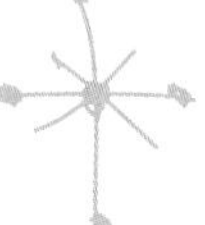

「……真棒呢♪」

「讚喔、讚喔！姊姊也湧起幹勁了呢！」

亞利沙被藍那凝視著，同時也看見了不在場的隼人。

那昏暗的眼眸在思念著他，並在心中湧起一個念頭，要成為一個用愛將他包裹起來，並全心全意地奉獻給他的女性。

命運已經開始轉動，兩位少女絕不會放過她們迷戀的男人。

為了捉住隼人而行動的女蜘蛛們，開始用名為愛情的絲線建造一個絕對無法逃脫的網。

「啊，對了，姊姊。」

「怎麼了？」

「隼人同學在國中時期似乎和一個女孩交往過。聽說很快就分手了，我們來讓他完全忘記吧。」

「……意思是，那個女人捨棄了成為隼人同學奴隸的機會嗎？」

「……應該有點不一樣吧？」

亞利沙的腦袋有點不太正常。

五、沉重愛戀覆蓋一切，卻是如此直率

otokogirai na bijin shimai wo namae mo tsugezuni tasuketara ittaidounaru

自從我去新條家那天之後過了大約兩星期。

再過幾天就是十二月了，早晨時分突然變得相當寒冷，身體顫抖的次數也隨之增加。

「……呼。」

上午的課程也接近尾聲，再撐一下就是午休了。

（……感覺每天都過得好快啊。）

在上課的同時，我茫然地想著這些事情。

如果像以前那樣過著平凡的每一天，我應該也不會想著這種事情。

「……亞利沙與藍那啊……」

一旦鬆懈，我的腦海就會浮現她們。

因為她們不會在學校展現出來的真實樣貌以及那次的互動，都清晰地浮現在腦海中。

而且，最近一到午休就會更加強烈地想起這些……最重要的是，每天在上學前都會遇見

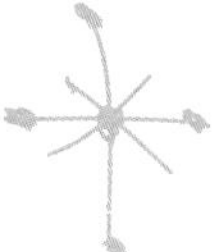

她們，這種難以理解的改變令我感到困惑；另一方面，即使是微不足道的小事，能與她們共度的時光讓我感到舒適自在。

「時間差不多了吧。值日生，喊一下口號。」

「是。起立，敬禮。」

當我在腦內胡思亂想時，課程也到此告一段落了。

午休到來，學生們各自過著自己的時間，此時颯太與魁人聚集到我身邊。

「好餓啊！」

「我的肚子差點就要咕嚕咕嚕叫了。」

我聽著兩人的對話，從書包裡拿出一樣東西。

那是本來不該由我攜帶的東西，也是最近這陣子她們會一直交給我的東西。

「今天也是便當嗎？」

「喂喂喂，說真的，到底是誰幫你做的啊？」

「哈哈哈……總之就是有人對我很好啦。」

兩人正認真地注視著一樣東西，就是亞利沙與藍那為我做的便當。

據說她們每天輪流做便當，今天做的應該是亞利沙，這點我自然而然就辨識出來了。

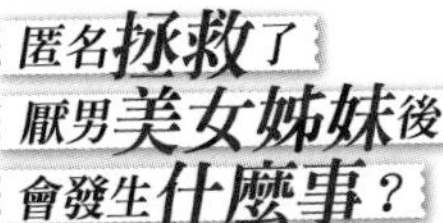

「……啊嗯。」

煎蛋捲、炸雞塊、迷你漢堡排、培根炒蘆筍……作為便當配菜，這個菜單肯定沒有任何特別之處。

「……啊啊，真好吃。」

美味到讓我不由自主地讚嘆。

雖然不至於感動到落淚，如果我是個容易流淚的人，搞不好就哭出來了。

「吃得還真是幸福耶……」

「……儘管有點在意啦，每次看到這個樣子，就什麼都沒辦法問了呢。」

聽到他們兩人這番話，我在心裡嘀咕著：「不要再問我了。」

一旦發現做這個便當的是校內知名的美女姊妹亞利沙和藍那，我可以想見到時不僅僅是他們兩人，其他追求她們的男孩子肯定也會讓我好看。

「啊，今天的飯糰內餡是梅干啊……嘿嘿。」

只是知道飯糰內餡是我最喜歡的梅干就不禁露出微笑，我頓時覺得這樣的自己有些難為情，但是她們為我做的便當真的很好吃。

學校餐廳當然也有它的優點，不過這個便當裡蘊含著她們的真心，這是無法在學生餐廳

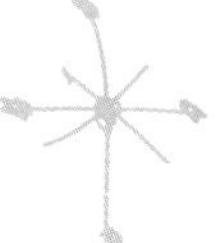

感受到的。

（話說回來，咲奈小姐看到她們兩人這樣好像也說過想幫我做便當。可是目前為止她們兩人好像都成功勸退咲奈小姐就是了。）

雖然我有些苦笑她們為何要因此競爭，還是有些好奇咲奈小姐所做的便當會有什麼樣的菜色。

（不過……她們兩人每天這樣用心地為我做便當，真的讓我非常開心。除了開心，同時也感到有些不好意思。）

我希望她們不要勉強，或者說不用關心到這種地步，我這樣告訴亞利沙與藍那後，她們只是微笑著對我說不用在意。

（……為什麼她們兩個會如此地——）

難道說她們喜歡我？雖然腦袋這樣想，這種結論未免太過簡單，我不禁搖了搖頭。

我確實救了她們，不過終究只是做了身為人該做的事情罷了……但是——

（要是能夠與那麼美麗的女孩們發展成那樣的關係，身為她們對象的男孩肯定會非常幸福吧。）

我想著這樣的事情，不知不覺間已經把便當吃完了。

在吃這份便當的時候一直都是這種感覺，代表她們的心意讓這份便當變得如此美味。

「有這麼好吃嗎？」

「你看起來超滿足的耶？」

「……啊～好吃得誇張喔。話說你們最近一直看著我吧？這種對話已經多少次了？」

當我這樣說完，兩人頓時露出苦笑說了句「也是啦」。

「不過啊，那個便當確實很讓人在意，但是我覺得你最近看起來挺開心的耶？」

「應該說笑容感覺比以前更加發自內心嗎？」

「啥？我和你們在一起的時候也都是笑笑的啊？」

我不知道打從心底發出的笑容與平常的笑容有何不同。

只不過不論原因是不是在於她們，我最近笑得比以前開心的次數或許變多了沒錯。

不知道是不是錯覺，回到家時不再那麼常因為寂寞而導致情緒低落。

「先不管什麼是發自內心的笑容……說真的，你們兩個是不是太關心我了？」

「是啊，畢竟媽媽叫我要好好關心隼人嘛。」

「我這邊也一樣。再說你是我們重要的好友，怎麼能不關心呢？」

兩人似乎沒有意識到自己說的話有多令人害臊……眼見他們如此貼心，我頓時感到難為

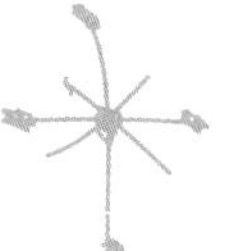

情，同時也因為他們如此為我著想而感到高興，害我不禁有些泫然欲泣。

「……謝謝你們兩個。」

「哦，隼人害羞嘍～」

「好可愛喔。」

「我要收回剛才的話，你們這些混蛋。」

明明我是真心道謝，卻被調侃了一頓，真是受不了。

儘管我一邊怒吼著這樣的話，三人之間還是一直保持開心的笑聲，後來我為了去廁所而離開了教室。

「……啊。」

結果正好看到亞利沙和藍那走在走廊上。

她們身邊還有其他朋友，不過這樣看的話，確實能感覺得出來她們是班上深受眾人喜愛的中心人物。

「……嗯？」

「……♪♪」

她們兩人都注意到我走了過來，卻沒有主動打招呼或揮手，而是就這樣擦肩而過……不

過，藍那在擦肩而過的瞬間向我眨了眨眼。

察覺到這件事的，只有我、當事人藍那，還有她的姊姊亞利沙，其他人似乎沒有注意到我們之間的變化。

「……啊，廁所、廁所。」

望著路過的兩人離去的背影，我想起了本來的目的，進了廁所方便完後，若有所思地摸了摸下頷。

「在學校果然還是和平常一樣呢。雖然不會受到男生的嫉妒對我來說挺好的……還是有點緊張吧。」

亞利沙和藍那不太擅長應付男生，我是唯一知道這個事實的人，但是她們在我面前真的會展現出各種不同的樣子。

眼見在學校裡面和在外面截然不同風格的她們，儘管只有一點點，我覺得自己受到特別的對待，不禁為此感到高興。

「……真是的，雖然剛才也想過這件事，總之還是別抱太大的期待吧。」

畢竟我是個無法滿足交往對象的期待，在短期間內就分手的傢伙……呃，自己說著說著就難過起來了。

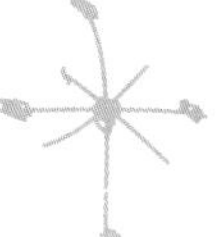

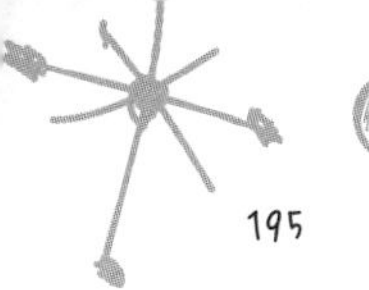

後來我就回到教室上下午的課了。

然後撐過這段時間之後就放學了，我當然也為了回家而踏上歸途。

「啊，在這裡。」

既然要回自己的家，自然會經過新條家前面。

我發現已經換上便服的亞利沙站在家門前，她看起來很注意自己的儀容，在發現我之後便露出一個燦爛的笑容。

「自午休以來就沒見到了呢，隼人同學。」

「是啊。不過……妳好快啊？」

「因為我急忙趕回來嘛。那麼隼人同學，我們走吧？」

「好。」

其實我與她像這樣約好要在今天放學後碰面。

接下來我和亞利沙的目的地是我家，這是我日常生活中發生的最大變化之一。

說得更具體點，就是亞利沙和藍那會開始來我家做晚餐。

「今天的便當怎麼樣？」

「非常好吃。我覺得今天應該是亞利沙做的，猜對了嗎？」

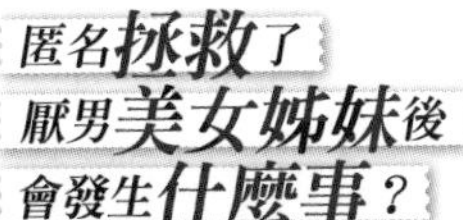

「答對了。呵呵，你已經能分辨出我做的和藍那做的的味道了嗎？」

「……嗯～被這樣講的話，我倒是不太有把握。但是，大概可以靠直覺猜出來。若是下次再問同樣的問題，也是有可能答錯就是了。」

「我不會因為這樣就生氣啦。所以隼人同學可以放心地告訴我，你對便當的感想。只要能聽到你說好吃，我就非常開心了♪」

「唔……」

這個笑容……這樣的笑容真的非常迷人。

這個笑容讓她本來就幾乎滿溢的魅力更有深度。儘管我覺得有點失禮，還是忍不住把目光移開。

「隼人同學？」

「……總覺得今天有點熱呢。」

「是嗎？我倒是覺得有點冷……」

亞利沙認真地回應我的這句敷衍。

雖然是我自己說了些牛頭不對馬嘴的話，敏銳的她要是發現到我在害羞的話，也會讓我感到有些尷尬，所以我很感謝她認真地回應。

「請進。」

「打擾了。」

我們兩人進入房子，她首先走向了佛壇。

不只是她，每次藍那來我家都必定會前往佛壇，向我的父母問好。

「今天也來打擾了，爸爸、媽媽。」

佛壇上擺著的照片是他們露出笑容的模樣。若是知道突然之間有兩個女孩子會來家裡幫忙做飯，他們會怎麼想呢？

堂本彼方與堂本香澄，這是我父母守望著我的地方，所以對我來說也真的是一個特別的場所。

「……媽媽會開懷大笑，爸爸也會被媽媽影響而笑出來吧。」

要是他們兩人還活著，我肯定會看到那樣的景象，可是一想到這個畫面，我就不禁覺得有些寂寞。

「好啦，也該準備晚餐了。」

「亞利沙，可以問妳一件事嗎？」

「什麼事？」

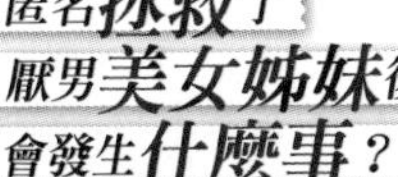

我與起身的她面對面，開口詢問我正在想的事情。

「那個……關於便當，我真的很開心，也非常感謝妳們這樣幫我做晚餐。不只是亞利沙，我也同樣感謝藍那。」

「嗯。」

「可是……妳們真的沒有勉強自己嗎？我有點擔心亞利沙與藍那是不是犧牲了自己的時間。所以我覺得妳們不用為了我而不惜騰出時間——」

當我說到這裡時，亞利沙輕輕地將食指放在我的嘴唇上。

「真的不要緊喔。過度勉強自己而弄壞身體是不可取的行為。因為這樣一來才真的會給隼人同學添麻煩，也會讓你擔心吧？所以我和藍那也會好好注意這些狀況。我們是考量過這點才願意為你花時間喔。」

被她這麼說，我也無法再說什麼了。

而且據說她們的母親咲奈小姐也支持她們照自己的想法去做，我像這樣擔心反而奇怪。

「那麼，我們開始準備晚餐吧。」

「……真的很謝謝妳們。」

「呵呵♪就說不用在意了。謝禮就等你吃飯的時候再給我吧。」

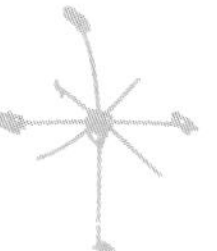

亞利沙將食指放在嘴邊擺出調皮的動作，同時說出這句話。

雖然差點情不自禁地講出「這樣我會迷上妳吧！」這句話，這個時候的我根本沒想到，後來竟然會演變成讓這樣的心情瞬間消失的事態。

「……啊啊，今天的晚餐也好好吃！」

「謝謝你，隼人同學。」

我吃著亞利沙做的燉牛肉，同時感慨地低喃。

雖然她來到我家之後發生了一些小意外，時間很快就過去，來到了晚餐時間。

「最近我最期待的就是看到隼人同學吃得津津有味的樣子。吃不飽還可以再續，多吃一點喔？剩下的可以放進冰箱，明天早上要吃再拿出來微波加熱。」

「讓妳這麼盡心盡力，實在很過意不去。」

「沒關係啦。好啦，我也開始吃吧。」

亞利沙剛才似乎在等待我的感想，現在也終於開始品嘗起燉菜了。

「對了，隼人同學，期末考的時間快到了吧？你準備得怎麼樣了？」

「……啊～」

仔細想想就快到了呢。

我基本上並不是不擅長念書，不過也沒有聰明到每次都能拿高分，一言以蔽之就是普通水準。

「嗯，應該就跟平時一樣吧。第一學期的期中考、期末考，以及下學期的期中考都考得還可以，所以這次也會適度地努力一下。」

能取得好成績當然再好不過，可是我只要拿到比普通稍微好一點的成績就很滿意了，所以沒有特別努力的打算。

「……這樣的話——」

「這樣的話？」

「要不要和我們一起念書？」

「一起念書？指的是和亞利沙及藍那嗎？」

「對啊。不是我在自吹自擂，我和藍那的成績都還算不錯。所以我們或許有許多東西可以教你，如何？」

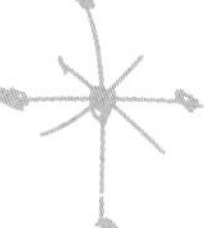

「……那真是太感激了。」

「那就這樣定了♪」

雖然有點突然，我們決定要在考試前一起念書。

至於地點要選擇在我家還是亞利沙家，我們打算事後再看情況決定，亞利沙看起來真心地期待那一刻的到來。

（……不過現在還是先吐槽一句吧。）

我吃完晚餐後鼓起勇氣，再次看著她開口說：

「那個，亞利沙……妳為什麼要穿女僕裝？」

沒錯，她不知道在想什麼，現在穿著女僕裝。

放學後跟她約好碰面時看她拿著一個大包裹，我完全沒料到那是女僕裝。

她說要準備晚餐的時候，我以為她要拿出圍裙，結果下一刻就拿出整齊折好的女僕裝，讓我不禁多看了一眼……不，是多看了好幾眼。

「當然是因為我想為了隼人同學做些什麼而穿上這件。自那次之後也沒有機會穿，這樣正好。」

「……是這樣嗎？」

「就是這樣喔。我趁這個機會再問一次……你覺得如何？」

亞利沙站起身，原地轉了一圈。

她穿的女僕裝和之前一樣，上面有許多蕾絲摺邊，可以明顯看出身體的曲線，而且還是迷你裙款式，所以大腿部分相當引人注目。

「……那個……我想之前也說過了，非常適合妳。」

「呵呵，真的嗎？你現在想當我的主人了嗎？」

亞利沙用手抵在嘴邊，散發出妖豔的氛圍這麼說。

我以前從未被一位如此漂亮到令人屏息的美少女這樣說過，實在不知道該如何回答才好，不禁僵在原地不動。

（……我現在是不是活在另一個世界啊？）

我聽說她希望對某人盡心盡力地付出，假如這也是那其中一環，從她的眼神中可以感受到她究竟有多麼認真。

「隼人同學，怎麼樣？」

「唔……」

由於沉浸在思考中，我沒注意到亞利沙已經與我拉近距離。

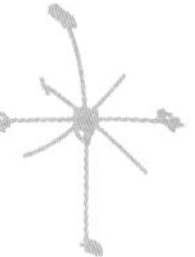

我向近在咫尺的她退了一步，結果身後正好是一張沙發，我不由得失去平衡，差點從背後倒下去。

「隼人同學！」

沙發的質感柔軟，因此我並不擔心，亞利沙卻在情急之下伸出手扶住倒下的我，然後不巧一同跌倒了。

「沒事……吧？」

「嗯……啊。」

雖然她試圖扶住我，到頭來是我在下面撐著她，我的意識完全集中在左手的柔軟觸感。手掌上的無疑是亞利沙豐滿的胸部。由於她正在施加重量，我的手指完全陷入其中。

「對、對不——」

我不小心用力，指頭進一步陷入她的胸部。

亞利沙發出一聲誘惑的聲音，同時凝視著我，慢慢將臉湊近。

「接下來要怎麼辦？你想要我做什麼？」

這段話孕育著彷彿要侵犯大腦的甜美，連同亞利沙的溫暖與柔軟一起襲擊我的理性。

「不管是什麼都可以喔？甚至是……這樣的事情。」

「亞、亞利沙！」

她嬌媚一笑，將手放在胸前的鈕釦上。

隨後發出「啪啦啪啦」的聲響，從上面解開兩顆左右的釦子。即使從女僕裝的布料上，也能隱約看到那強調著自己存在的豐滿乳溝。

「唔……」

我必須把目光移開，卻無法這麼做。

亞利沙輕笑一聲，將自己的手指輕觸在那碩大且柔軟的肉上，嘴角漏出甜蜜的呼吸繼續開口說：

「我是女僕，是隼人同學專屬的女僕喔。無論要我怎麼侍奉你都可以，甚至是些色情的事情也無所謂。我全部全部都會為你服務。」

「亞利……沙……」

怎麼回事？現在是什麼狀況？

明明知道這樣不行，我好像快被亞利沙所說的話語與氛圍所吞噬……甚至開始想著想要對眼前這個淫蕩的女僕為所欲為。

（……身材絕佳的淫蕩女僕，這確實可能是男人的夢想，不過這有點——）

刺激實在太強烈了。

而且，正因為亞利沙外表清純端莊，這份性感顯得更加突出，讓人不由自主地被吸引，難以放手。

「來吧，隼人同學，告訴我——你想要我做什麼？」

「我……」

她的聲音在耳邊輕語，我的手就像被誘導那樣不自覺地伸向她的胸前。

當我認為幾乎要享受到那敞開的胸前所散發的柔軟感時，我在那瞬間把手收了回來。

「咳咳！別戲弄我了，亞利沙。」

我在心中稱讚自己克制得很好。

亞利沙看著我收回的手，頓時露出不滿的表情撅起嘴巴。

「我沒有戲弄你呀……唔，真是強敵呢。」

強敵是什麼意思啊？——我內心不禁嘀咕。

不只是這種突如其來的事故，現在甚至經常會因為一些不經意的小事而如此接觸到她們的身體。

如同現在的亞利沙一樣，藍那也不會馬上把身體離開，而是善用言語與當下的氛圍來逼

我就範……她們散發出的甜蜜費洛蒙彷彿要融化我的理性，甚至是奪走我的心思。

（……我不明白。為什麼她們要對我做這種事情？如果只是身體上的接觸倒還好，然而她們……）

她們輕易地進入到我的內心深處……就像今天也是。

「隼人同學。」

亞利沙把我的臉埋進她的胸前。

她溫柔且溫暖地詢問，彷彿要給我安心感。

「我想對隼人同學說『歡迎回來』。我想讓你回來時，知道你絕對不會感到孤單。」

又是這樣……她們的話語再次深入我的心中。

無論我多麼努力地保持堅強，要自己別對她們撒嬌，這些話語就像毒藥那般輕易地滲透到內側、融解我的防備，她的話語直接觸及我的心。

「如果我們的存在、聲音，甚至是像這樣觸碰的瞬間能讓你感到一絲安寧，希望你能放心地依賴我們。我們會接住你，告訴你做得很好。我會成為你的溫暖。」

她述說的話語並不像尖銳的刀刃，反而像柔和滲透的甜美蜜汁。

這份溫暖與溫柔讓我感覺就算沉溺其中也無所謂，不過最後理智還是堅守住了。

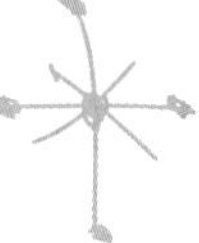

可是，這道理智的防波堤也逐漸開始崩潰，我有種即將潰堤的感覺。

「我會成為你的支柱，永遠、始終扶持著你。無論發生什麼事，我都會給予回應……我是只屬於你的——」

現在的問題根本不是會不會沉溺其中。

我被那份溫暖深深吸引、無法自拔，想要伸出手去觸碰。

後來我送亞利沙回家，當然她有先換過衣服。

雖說夜晚人煙稀少，在黑暗中讓穿著女僕裝的女孩走在路上，不知道會被人怎麼看待。

「那麼再見了，隼人同學。晚安。」

「嗯，晚安，亞利沙。」

她的家映入眼簾時，我便與亞利沙道別了。

我確認她的身影消失在玄關，然後在刺骨的寒冷中微微發抖，同時轉身離開。

▼▽

從亞利沙來為我做晚餐的那天之後過了幾天，時間來到星期五。

「……呼。」

我正在用毛巾搓泡泡清洗身體，不過有點靜不下來。

「快點洗好身體離開浴室吧。總覺得有種不好的預感。」

我會如此自言自語的理由很簡單，因為今天是藍那來做晚餐。

她說會立刻準備好飯菜，要我趁這段時間先去洗澡，所以我才會像這樣在洗身體。雖然我覺得不太可能，卻莫名覺得藍那可能會來做些什麼。

「在這種情況下要幹什麼啊，我也太蠢了……不過，雖說最近的亞利沙也是這樣，藍那真的很喜歡肢體接觸，而且距離也很近。」

假如忽略那次女僕裝事件，亞利沙還算比較保守，要是換成藍那，狀況就會截然不同。

「隼人同學，你已經在泡澡了嗎？」

不知道是不是因為我正在想著藍那，她不知為何出現在更衣室門口，對我如此說。

「咦？啊，還沒，抱歉，我還在洗身體。」

聽到藍那突然這樣詢問，害我頓時心跳加速，不過我還是這樣回覆。

（畢竟已經是冬天了，如果在浴室沒有泡澡而是一直想著事情可是會感冒。那樣的話反而會讓她擔心。）

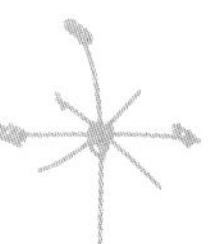

藍那剛才說待會兒也想在這裡洗澡，所以我得趕快搞定。

我如此心想，重新開始動手清洗身體，然而藍那似乎沒有打算離開更衣室的跡象。

「怎麼了嗎？」

「嗯～……」

當我感覺到她在思考些什麼時，她說了這樣的話：

「其實我在煮飯的時候不小心濺到水，衣服都溼透了。我也可以一起進去嗎？要是感冒就麻煩了，我就進去洗一下吧♪」

「……嗯？」

剛才那段絕對不能漏聽的話震撼了我的耳膜。

我聞言頓時瞪大眼睛。剛聽到背後傳來脫衣服的聲音，門就應聲打開，藍那出現在我的眼前。

「打擾嘍～♪」

「等、等等，妳這是在搞什麼名堂啊！」

眼前的景象讓我剛剛還在思考的事情以及煩惱的事情頓時都飛到九霄雲外，甚至連我說話的語氣都變得有些奇怪。

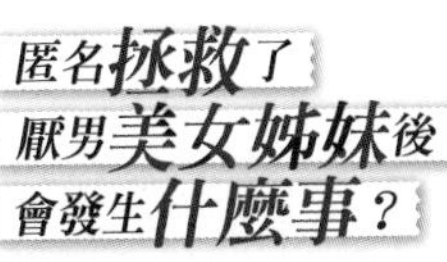

儘管沒有全裸，藍那只用毛巾包裹住身體，就像個惡作劇成功的孩子那般露出天真無邪的笑容看著我。

「讓我幫你刷背吧♪你可沒有拒絕的權利喔♪」

「…………」

我只能嘴巴一張一合，默默地看著她。

可是看到她輕輕顫抖著身子說「好冷喔」，我自然沒辦法要她出去。

「我來幫你洗吧。來，那個給我。」

「啊，好的。」

人類一旦驚訝與困惑的情感超過某個極限，好像反而會冷靜下來。

把手上的毛巾交給藍那後，她溫柔地用毛巾輕輕擦洗我的背部。

「哼哼哼~♪哼哼~哼哼哼♪」

她用鼻子哼著歌，感覺得出來心情很好，手的動作也非常溫柔。

這種感覺舒服到我整個人也都放鬆了下來，甚至湧起愚蠢的想法，希望再次體驗同樣的事情。

「我要沖嘍。」

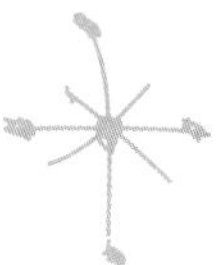

「嗯。」

熱水嘩啦作響沖過我的背，泡沫頓時像溶解般往下沖走。

下一刻，藍那的手臂從後面環過我的腹部，就這樣從背後抱著我。

「對不起喔，能讓我暫時這樣嗎？」

「……好吧。」

這種感覺令人害羞，我的腦袋幾乎都要錯亂了……可是除此之外更有種強烈的安心感。

「隼人同學的背好大啊，真厲害。男孩子的背……真的很大。是守護著我們、值得依靠的背……是我最喜歡的背。」

藍那最後輕聲地如此低喃，然後笑了笑離開我，開始清洗自己的身體。

到了這個階段，我覺得再怎麼樣也應該立刻出去，卻被她以要先暖和一下身體為由攔了下來，於是我就老實地泡在浴缸裡面。

「那我也要進去嘍♪」

我們家的浴室相當寬敞，浴缸也足夠兩人同時泡在裡面。

藍那發出嘩啦的水聲坐在旁邊，我儘量不去看她，努力保持平靜。

亞利沙那時也是這樣，總是會發生一些意外插曲讓我小鹿亂撞，然而像這樣的情況還是

頭一遭。

「……啊。」

「呵呵，你很在意嗎？」

當我偷偷瞥向旁邊一眼時，正好和藍那的視線交會。

她以美麗的眼眸凝視著我，讓我無法移開視線。無論是她漂亮的褐髮貼在肌膚的模樣，還是即使用毛巾包裹也依然能看到的乳溝，或是她那雪白健康的光滑肌膚，所有一切盡收眼底，讓我不禁想著這世上竟然存在如此美麗的女性。

「……那個，其實我也很害羞喔。你可能會覺得既然這樣為什麼還要一起洗澡，不過理由其實很單純，我就是想和隼人一起入浴！」

「還真直接……」

「不過這樣真的很不妙呢。欸，隼人同學，我說不定真的會懷孕喔。」

「什麼狀況！」

希望她不要突然提到懷孕之類的，對心臟太不好了。

話說在這種狀況下說這種話真的太糟糕了，要我不去意識真的很困難。

「……藍那？」

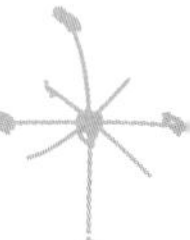

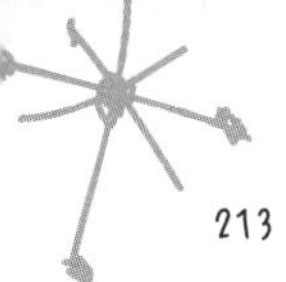

「……怎麼了？」

不知道滿臉通紅的藍那是否注意到了，她自從泡在浴缸裡面之後就一直緊緊握著我的手……也就是說，她不自覺地把我留在這個地方。

「欸，隼人同學，我……我想聽你說有關你父母的事。」

「我的父母？」

「嗯。」

我覺得她這個要求有點突然，卻很感激她在這種情況下提供了一個話題。

「是可以，可是我該從哪裡開始說起？」

「任何事都可以。因為什麼事情我都想聽。」

等著我說話的藍那目不轉睛地盯著這邊。

畢竟這也不是什麼需要隱瞞的事情，況且藍那也早就知道我的父母不在人世，所以我決定告訴她。

這可能也是我要在近期內告訴亞利沙的內容。

「對我來說，父母真的是非常重要的存在。爸爸很溫柔，媽媽則是非常堅強。」

「堅強？」

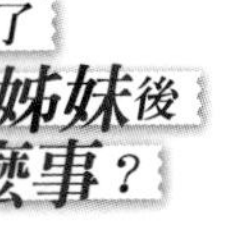

「嗯……該怎麼說呢，這個詞似乎挺適合形容我媽媽的。」

爸爸溫柔，媽媽堅強，這是我對他們的認識。

「爸爸在我小學時出了意外，媽媽在我國中時罹病，兩人先後去世了，然而他們確實是用愛養育我。」

儘管我已經不常去仔細回想我們以前究竟是怎麼生活的，與父母的記憶卻不會褪色。

「我當然不知道隼人同學和父母過著什麼樣的生活，可是從隼人同學的話裡我可以明確感受到你對父母的愛。」

「……是這樣嗎？」

「就是喔♪」

我確實非常愛我的父母……但是——

「藍那也一樣吧？我可以感受到妳深深愛著亞利沙、咲奈小姐以及不在人世的爸爸，覺得他們很重要。就這點來說我們一樣。」

「是、是這樣嗎？」

「是啊。認為家庭很重要這點，我們兩個很相像呢♪」

「……啊。」

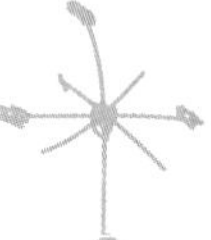

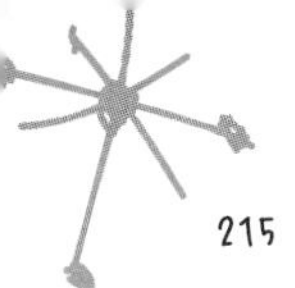

我這樣告訴她後，藍那露出一臉茫然的表情。

我有點擔心是不是說錯話了，沒過多久她就突然眼眶泛淚，然後開心地笑了起來。

「怎麼了？妳沒事吧？」

「嗯，我沒事。抱歉，突然這樣……該怎麼說呢，隼人同學剛才的笑容不禁讓我想起了爸爸。」

這……我應該覺得榮幸嗎？

儘管她的意思應該不是說我很老，藍那感慨地繼續說：

「姊姊也這麼說過，偶爾會把隼人同學與爸爸重疊在一起。不僅是可靠的地方，還有一種絕對會保護我們的安心感。」

「是這樣嗎？老實說自那件事之後就沒發生什麼大事，即使妳們說我很可靠，我其實也沒什麼頭緒。」

「呵呵，只要有你在身邊，我們的心就能感到平靜。這就代表你可以讓我們依靠喔♪」

藍那輕輕把頭靠在我的肩上如此說。

她看起來彷彿很習慣這種情況，顯得異常冷靜，我不禁為此感到驚訝。也許是我們在談論家人，才會讓她感到很平靜吧。

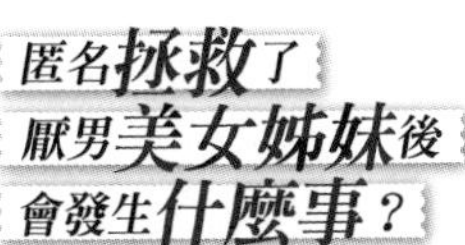

後來我與藍那熱烈談論著家人的話題，不過我慢慢地把話題從快樂的回憶帶到有些苦澀的記憶。

「儘管我們的家庭環境毫無疑問是幸福的，爸爸的老家那邊相當討厭我。」

「咦？」

藍那聞言不禁睜大雙眼。

當我問她是否可以繼續談論這件事時，她點了點頭。

「謝謝。」

爸爸和媽媽在大學認識並因為相愛而結婚，到這部分還是令人溫馨的愛情故事。

然而爸爸的老家注重家世，出生在一般家庭的媽媽被認為是「癩蛤蟆想吃天鵝肉」而遭到強烈反對。當然，他們不被允許結婚，後來好像幾乎算是私奔而離開了家裡。

「因此爸爸幾乎與家裡斷絕關係，因為這樣的背景，我的爺爺和奶奶討厭到連我和媽媽都不願意看到。」

「……原來是這樣啊。」

「聽起來很像漫畫吧？不過這是真實發生過的事情。」

沒錯，這是真實發生過的事情。

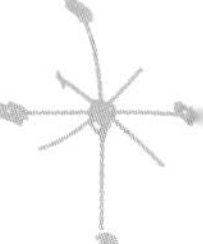

而且為什麼我會這麼想，是因為他們為了讓我知道這件事而與我見過一面。

「爸爸過世幾天後，那些人出現在我和媽媽的面前。當時我還無法理解他們話中的含意，可是現在我明白了……我和媽媽當時真的被他們罵得狗血淋頭。」

眼見媽媽失去爸爸後悲痛欲絕，接著又受到他們的窮追猛打，我毫不猶豫地站出來保護了媽媽。

從那以後我就沒再見過他們，可是我至今依然清楚地記得當晚母親對我說過的話。

『隼人的背影看起來非常巨大呢。簡直就像爸爸一樣，媽媽很開心喔。』

媽媽這樣說著，卻不自覺地流下了淚水。看到媽媽這樣，這次換成我開始嚎啕大哭，媽媽因此受到影響而哭得更是厲害，就這樣無限循環下去。

由於也發生過這樣的事情，讓我開始產生要保護媽媽的想法。

「媽媽經常告訴我要對她撒嬌，因為孩子要受到父母所保護。可是每次看到媽媽落淚，我就會覺得非常心痛，會在心裡覺得『不要哭，我會保護妳』。」

我覺得自己說的這番話有點感傷，此時藍那伸手拭去我眼角的淚水。

看樣子我是因為想起了當時的事情而落淚，這使得我突然感到有些難為情。雖然我當下想把目光移開，卻無法這麼做。

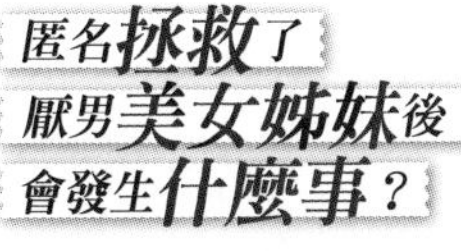

「……這樣啊，原來如此。我感覺終於明白隼人同學的背影看起來為何那麼巨大了。嗯，難怪我會喜歡你……這麼帥氣的人，怎麼可能不喜歡呢。」

藍那閉上眼睛，似乎下了某種決心溫柔地摟著我的頭。

「欸，隼人同學，你是非常堅強的人。但是……或許也是個容易感到寂寞的人吧。」

「唔……」

「那份寂寞感，就讓我……就讓我們幫你填滿吧。我們絕對不會讓你感到寂寞，無論何時何地，我們都會充滿隼人同學。所以……你就沉溺在我們這份愛裡吧。」

沉溺……這個詞彙猶如甜美的毒品那般深入我的腦海。

抬起頭，就看到藍那以充滿慈愛的眼神看著我。

映在她眼裡的我看起來就好似個迷路的孩子一樣，眼神無可自拔地渴求她。

「順帶一提，我因為想和隼人同學一起洗澡，才故意把水濺到身上喔♪」

「……咦？」

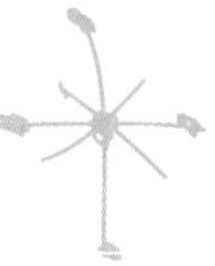

六、相連的心誓言昏暗卻真實的愛

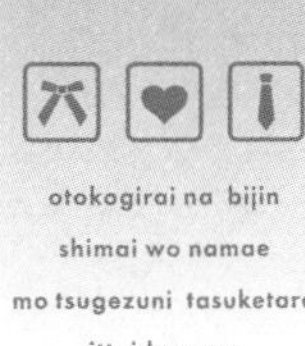
otokogirai na bijin
shimai wo namae
mo tsugezuni tasuketara
ittaidounaru

在與亞利沙和藍那進行了互動之後，來到了假日。

我已經計劃好下星期要與她們一起準備考試。由於這個活動不同以往，讓我的內心不禁有點期待。

「呼，雖然很期待啦。」

與此同時，我也一直在思考繼續維持現況真的好嗎？

她們平常就會幫我做便當，或者來幫忙煮晚餐……看著她們這樣對待我，我不可能沒察覺到她們的心意。

「果然是這樣吧。」

她們都為我做到這個地步了，這樣還覺得沒什麼的話，可能只有在後宮類型的漫畫中那種遲鈍的主角，所以我確實已經察覺到她們的心意……唉呀。

『隼人同學。』

匿名拯救了
厭男美女姊妹後
會發生什麼事？

『隼人同學♪』

兩人的聲音在腦海中反覆迴響。

這證明我也是如此在意她們，她們現在已經成為了與我過於親密的存在吧。

「……我該怎麼辦才好啊？」

即使察覺到她們的心意，也應該繼續享受現在的生活，還是說……

「隼人同學。」

「隼人同學♪」

看吧，或許是因為我在想著她們兩個，所以又聽到聲音了。

「真是的，我到底有多在意亞利沙和藍那啊。」

「啊，你很在意我們嗎？」

「哦哦♪聽到了一個好消息呢，姊姊！」

啊，糟糕，她們倆的聲音沒有消失，看來我已經病入膏肓了。

為了讓自己冷靜下來，我大口呼出一口氣，就在這個瞬間，我的雙手分別被人握住，害我被嚇得頓時看向左右。

「……亞利沙？藍那？」

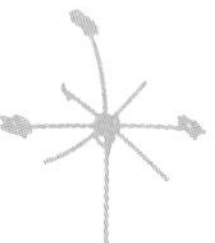

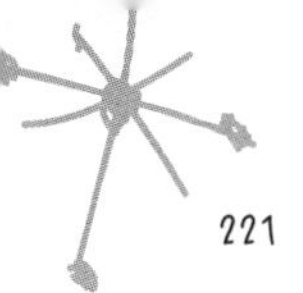

握住我的手的人是亞利沙與藍那。

這次的幻想實在過於真實，不禁讓我感到詫異……呃，怎麼可能啦！

「為、為什麼妳們兩個會在這裡！」

沒想到竟然會偶然在街上遇見她們。

亞利沙與藍那莞爾一笑告訴我，她們因為無聊才姊妹倆感情要好地出來約會。

「我們並沒有百合的意思，這點可別誤會了喔！」

「嗯？喔、喔……」

聽到藍那突然這麼認真地否定，我點了點頭。

儘管我並沒有那樣的想法，如果在亞利沙與藍那之間有百合的氛圍，倒也覺得那是一件很崇高的事。

「隼人同學，你剛才在做什麼？」

「啊～……就是隨便晃晃吧。」

「這樣啊……哦～？」

「哼……哼～？哦～～♪」

最近我開始能從她們的舉動理解她們想表達的意思。

儘管我因為突然的相遇感到驚訝，依然能感受到自己是打從內心高興。

「妳們今天有空嗎？」

「有！」

「有喔！」

「嗯，我知道了。」

眼見兩人如此精神奕奕地回答，我不禁露出苦笑，於是我提議一起去逛街。

「話說回來，姊姊房間裡的女僕裝是和隼人同學一起挑的對吧？」

「與其說是一起挑的……實際上該怎麼說比較好？」

「既然我買了隼人同學中意的那套，應該就是這麼一回事吧？」

「好羨慕！我也想讓隼人同學幫我挑衣服嘛！」

本以為會安靜度過的假日，突然變得熱鬧起來。

在學校裡，我絕對不會和她們有這樣的接觸，所以像這樣在學校外面見面時，她們總是會展現出截然不同的面貌。

（……我對這件事感到很開心呢。）

我也明白她們只有在我面前才會露出這種特別的表情。

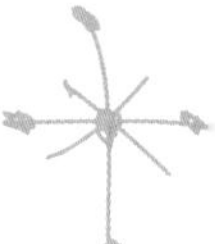

正因為如此，我才會煩惱該如何回應她們……雖然很丟臉，現在我還想不到任何答案。

「怎麼了？你看起來有點困擾呢。」

「呃……」

「那麼我們去唱卡拉ＯＫ高歌一曲吧。這樣一來就可以把那些小煩惱都吹走了！」

「吹走也不對吧……那個，隼人同學，有什麼事就告訴我們吧？」

「吹走是開玩笑的啦。對啊，隼人同學，有煩惱的話，希望你要說喔？」

「……謝謝妳們。不過這件事暫時讓我一個人煩惱吧。」

我這樣說完，兩人頓時面面相覷，不過她們對我的說法表示理解。

在那之後我也轉換心情，享受和她們在一起的時光，我們去到藍那提議的卡拉ＯＫ店打發了時間。

「原來亞利沙還挺……那個的啊。」

「不要說出來！唱歌這方面我真的完全不行啦……！」

雖然我們來到卡拉ＯＫ店，亞利沙對於唱歌一事莫名消極，之後她總算唱了一首，然而歌聲實在令我驚呆。

我無法想像那美麗的聲音竟然會發出完全不在音準上的歌聲，不禁張大了嘴巴，傻傻地

愣在原地。

「雖然基本上姊姊樣樣精通，就是唱歌完全不行呢。」

「是妳太厲害了啦！而且隼人同學的分數也莫名地高！」

「不，這個嘛……畢竟我經常和朋友一起來唱動畫歌曲之類的，習慣了啦。」

啊，對了、對了，順便說一下，藍那的歌唱技巧實在太厲害了，甚至讓我和亞利沙閉上眼睛聽得如痴如醉。

「下次再來唱歌吧♪」

「我就算了……反正來了也不會唱歌。真的要來就安靜地聽你們兩個唱。」

「那樣根本沒有樂趣吧……」

該怎麼說呢，不僅是藍那，我感覺同時也看到了亞利沙意外的一面。

我本以為亞利沙基本上是那種什麼都能做好的類型，不過她當然也有弱點。

（……這樣的地方也很可愛，甚至可以說是一種魅力。不，這實際上是構成她魅力的一部分。）

越了解她們，越會發現她們更多的魅力，被其深深吸引……雖然我不是至今向她們告白的那群人，我能理解他們抱持什麼樣的心情在追求她們。

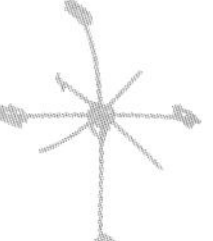

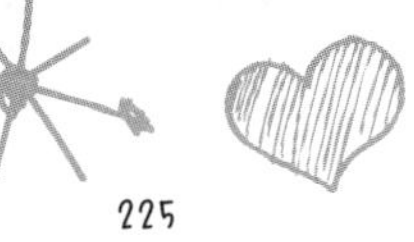

「好啦，接下來要做什麼？」

「隼人同學，你有什麼想去的地方嗎？」

「嗯～我想想。」

我們姑且邁出步伐，一邊走著一邊開始思考接下來的行程。

然而就在那時，我看到眼前有個大概小學年紀的男孩正在哭泣。

「那是……」

那孩子邊哭邊四處張望，我立刻意識到他大概是迷路了。

「妳們兩個，對不起，我去看一下。」

我沒有等亞利沙與藍那回答就走向那個男孩。

「怎麼了？是和爸爸、媽媽走丟了嗎？」

「咦？……嗚嗚……嗚嗚嗚嗚嗚！」

看來我說中了。

我來以為他會因為被陌生人搭話而警戒，意外的是他沒有想要逃跑，因此我溫柔地摸了摸他的頭。

「好了、好了，總之……你迷路了對吧？」

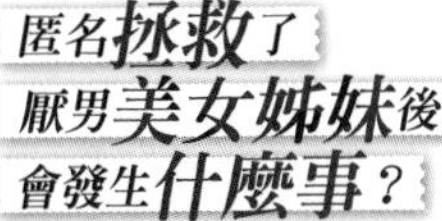

「嗯……我和爸爸、媽媽來到好遠的地方。然後……然後……！」

「啊～是這樣啊。知道了、知道了。那麼要不要和我一起找找看？」

「咦？可以嗎？」

「當然。」

為了安撫這個孩子，我叮囑自己儘量保持微笑。因為對於安撫孩子來說，笑容就是最好的解方。

「隼人同學……唉呀，他迷路了嗎？」

「啊～眼睛都紅了呢。鼻水也流得很厲害。來，擤一下。」

她們兩人也追著我跑了過來。

藍那用面紙幫男孩把鼻涕擦乾淨。或許是因為她曾經說過想要孩子，她對待孩子的方式看起來駕輕就熟。

「謝謝姊姊。」

「嗯嗯，不客氣♪」

然後我們等孩子平復情緒之後，馬上動身開始找尋他的爸媽。

「來，我用肩膀扛著你。從稍微高一點的地方找可能比較好吧？」

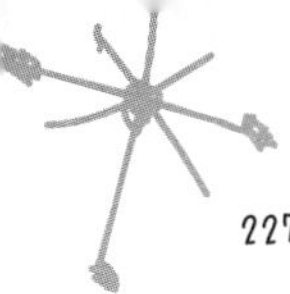

「咦？可以嗎？」

「嗯，來吧。」

「嗯！」

這個孩子相當聽話且非常可愛，因此不僅是我，亞利沙與藍那也自然而然地露出笑容。

我們稍微走了一段路便發現警察局，不過為了避免錯過，我們決定邊走邊找。

出乎意料的是，我們很快就找到了孩子的父母。

「你跑到哪裡去了！」

「我們在找你呢！」

「爸爸！媽媽！」

母親流著淚抱著男孩，父親看起來一臉困擾，同時也鬆了一口氣的樣子。

「太好了呢。」

「嗯，親子之間果然應該這樣♪」

是啊，我也真心這樣認為。

後來，彷彿是抓準了男孩與他父母都冷靜下來的那一刻，男孩的肚子發出咕嚕咕嚕的可愛叫聲。

「哎呀哎呀。」

「媽媽，我肚子餓了……」

「知道了。老公，你稍微在這裡等一下。」

語畢，母親便帶著男孩離開，只留下我們和男孩的父親。

可是，或許是因為找到了男孩的父母，感到安心的我突然想要去上廁所。

「我能去一下廁所嗎？」

「可以啊。」

「慢走。」

感覺會讓她們等一會兒，於是我想快點上完趕回來，便用跑的衝向附近的廁所。

▼▽

「姊姊，真的是幸好能這麼快就找到呢。」

「是啊。」

遇到隼人同學沒過多久，我們就發現迷路的男孩。

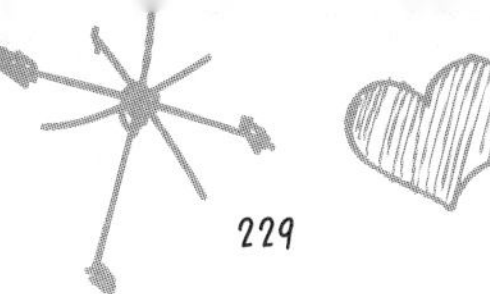

見到男孩在哭泣，我與藍那肯定都想幫助他，然而隼人同學比我們率先採取了行動。

看著他的背影，我不禁覺得他果然是個溫柔的人。

「兩位小姐還真是漂亮。今天真的很感謝你們。」

「不客氣。」

我們簡短地回答這位男性。

雖然覺得在這種時候對男性感到有些不自在在所難免，因為對方是有孩子的父親，那種感覺也稍微緩解了一些。

（迷路啊……我和藍那小時候也曾迷路過呢。）

我們當時也像剛才那個男孩一樣，大哭大喊地走在街上。

跟丟了剛才為止都應該還在一起的父母，我只能拚命地拉緊藍那的手，好讓我們兩個不會走散。

就在那時，爸爸和媽媽找到了我們……然後——

「不過真是太好了。能這麼快找到人，我們也放心了。」

聽到藍那這番話，男性露出了笑容。

看到這個笑容，我想起了父親就是應該要這樣。儘管對此稍微感到寂寞，看著眼前一家

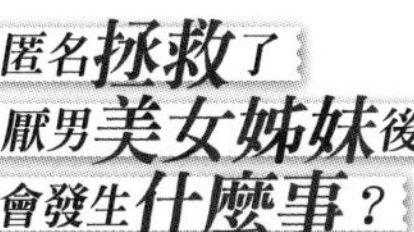

人幸福的景象，我也露出了微笑。

「不過……妳們兩位真的很漂亮呢。而且……」

就在這時，我感覺不太對勁……應該說，我從男性的話語中感到了不舒服的氛圍。

原本的氛圍驟然消失，現在他看向我與藍那……特別是看向藍那的視線中混雜了下流的想法。

藍那似乎也注意到這點，退後一步與男性保持距離。

男性甚至沒有察覺這個動作，彷彿被我們的存在弄得眼花繚亂似的，居然還說出了這樣的話：

「最近因為還要忙著孩子的事，妻子不太理我。妳們有沒有經濟上的困難？我也賺了不少錢喔。可以的話，告訴我電話號碼——」

這個人……這個人到底在說些什麼啊？

我當然理解他這番話的意思，可是這個人竟然捨棄了剛才還為人父親的面具，對我們提出這樣的事情，我不禁啞然失聲。

（……這個眼神是那時的……）

男性的眼神與那天……帶給我們最糟糕一天的那個強盜的眼神重疊在一起。

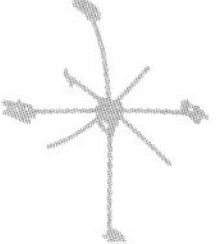

我突然回憶起這件事，身體不禁顫抖，然而比起這個，更為強烈的是一種近乎無比絕望的情感。

即使是有孩子的父親，到頭來也只是我們討厭的那種男人……儘管口口聲聲說重視孩子，結果卻只是這樣。這種感覺就像被現實狠狠地搧了一巴掌。

（是啊。結果男人就是——）

不對，不是這樣——另一個我如此低語。

因為我應該已經知道了吧？男性並非只有我們以前見過的那些令人厭惡的對象，還有一個願意保護我們……讓我們產生喜愛之情的男性存在。

（隼人同學……）

也許是因為我在心中輕聲呢喃了隼人同學的名字。

「抱歉，讓妳們兩個久等了。」

他，隼人同學回來了。

他一定不知道這位男性對我們說了什麼，然而隼人同學仍然就像要挺身保護我們那般回望眼前的男性。

「總之這樣就安心了，那我們先失陪了。走吧，兩位。」

「等、等一下──」

男性想要說些什麼，不過隼人同學已經牽著我們邁出步伐。

我們也絲毫沒有反抗他的意思，就這樣被牽著手，隨著他離開了那個地方。

接著我們走了一段路離開人群之後，隼人同學坐在附近的空椅子上開口說：

「那個……不知道該怎麼說，總之我就是不由自主地覺得亞利沙和藍那看起來都有點不情願……露出很不舒服的表情。雖然我本來想說應該沒那回事，從妳們的反應看來似乎沒有錯吧？」

隼人同學或許也沒料到真的會有這種狀況吧。

「……嘿嘿嘿♪隼人同學真的有在用心觀察我們呢。」

藍那一臉開心地輕聲說，我也點頭同意她的看法。

既然他都如此關心我們，自然也沒辦法不告訴他事情的來龍去脈，我和藍那便把那位男性對我們所說的一切告訴了隼人同學。

大概是沒有想到有孩子的男性會這麼明確地講出那種話，隼人同學感到很詫異，而我們也同樣感到震驚。

「所以我覺得就結果來看，男性都是一個樣。當然，這不包括隼人同學喔。」

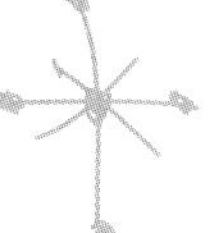

「嗯嗯♪畢竟我們很了解隼人同學嘛！」

「………」

我這句話隱含的意思是我不會把隼人同學和其他男人一視同仁……隼人同學卻靜靜地開口說：

「嗯，該怎麼說……聽到妳們這樣說，我也很高興。謝謝妳們。」

我和藍那微笑點頭……可是隼人同學又繼續說了下去：

「我也很驚訝那個人會做出這種事，不過我想那類男性確實也不在少數。畢竟妳們本來就很漂亮，難免會經常被人以那種眼光看待……儘管我不想這樣說，這是事實。」

雖然隼人同學不知道該怎麼表達內心的想法，他堅定地看著我們的眼睛。

「並不是世界上所有男人都會用下流的眼光看待妳們……那個，雖然我嘴上這樣說，我有時也會對妳們抱有一些色色的想法。剛才也說過了，妳們很漂亮……還有偶爾表現的一些舉動都會讓人心跳加速……呃，像是扮成女僕那次或是洗澡那次都是。」

如果這樣都沒能讓隼人同學心動就傷腦筋了，而且我們本來就是故意這麼做。

所以假如這樣他還不會對我們產生色色的想法，我們反而會失去自信。

「可是，男人……我不會像剛才那個人那樣讓妳們感到不安。我想成為一個能夠好好為

妳們著想的男人……所以，我想說的是，不是所有男人都會讓妳們傷心。」

「隼人同學……」

「……呵呵。」

剛才也說過了，隼人同學肯定沒有整理好自己想表達的意思。

即使如此，他依然努力表達想傳達給我們的想法……或許他不喜歡我這樣說，可是我覺得他那努力表達想法的樣子真是可愛，讓我再次認識到隼人同學的這一面。

（不過……無論隼人同學表現出什麼樣的態度，我對他的感情已經不會改變了吧。我喜歡上這個人真是太好了。）

我現在以什麼樣的眼神看著隼人同學呢？

我不經意地望向旁邊，發現藍那也面紅耳赤地看著隼人同學，她肯定覺得自己差點要因為剛才那番話而懷孕了吧。

（既然藍那是這樣……那我果然還是想要屈服於這個人底下。我想獻出自己的全部成為他的奴隸……啊啊，如果是你，無論對我說再過分的話也都是讚美。不過隼人同學就算用演的，應該也說不出口吧。）

我能輕易地想像到那樣的情景。

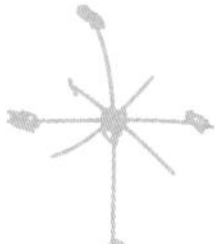

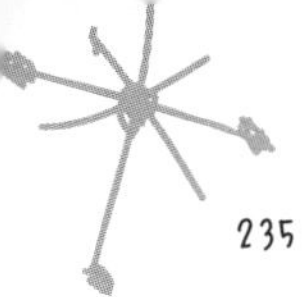

然而，正因為我和藍那對他用情至深，自然更不想放走他……要說不擇手段確實有些誇張，不過我們絕對想要把他留在身邊。

所以絕對——我們想要愛他，也想被他所愛！

「那個，隼人同學，如果可以，今晚要不要來我們家吃飯？」

「咦？」

「是啊。我們想和你多待一會兒……不行嗎？」

「唔……」

我覺得這樣有點矯情，可是我還是微微歪著頭詢問他。

隼人同學稍稍思考了一下後，點頭表示他也想和我們多待一會兒。

「歡迎光臨，隼人同學。」

「打擾了。」

答應兩人的提議之後，我前往新條家作客。

在發生了那樣的事情後，她們邀請我今晚在這裡用餐，咲奈小姐也堅持要我過來，所以我只能點頭同意。

「隼人同學。」

「是，有什麼事嗎？」

當亞利沙與藍那感情要好地去一起淋浴後，我和咲奈小姐在廚房獨處時發生了這件事。

由於什麼都不做實在讓我坐立不安，我站在咲奈小姐身邊幫忙做菜，此時她注視著我並開口詢問：

「有什麼事情困擾著你嗎？」

「唔……」

雖然是疑問的口氣，咲奈小姐似乎非常肯定我現在正感到煩惱。

「……妳看得出來嗎？」

「看得出來喔。而且那個煩惱大概與我的女兒們有關吧？」

眼見她觀察得如此透徹，我頓時感到驚愕不已。

咲奈小姐停下煮菜的動作，溫柔地執起我的手，就這樣引導我坐到沙發上，自己也在我旁邊坐下。

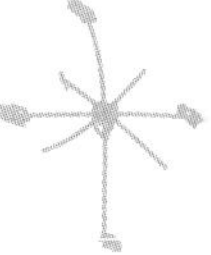

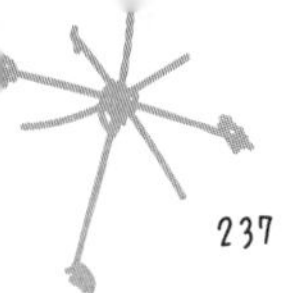

「在這種情況下要求你坦白，會不會有點壞心眼呢？」

「……不會，沒這種事。」

咲奈小姐注意到了我的煩惱，這代表她說不定連我在煩惱什麼都一清二楚。

可是，咲奈小姐散發出一種能夠包容一切的氛圍。我受到這股氛圍感化，坦承了一切。

「其實……」

我被她們兩人深深吸引，不想放棄她們的這份溫暖與情感。

我明白這樣做是錯的，話雖如此，我也不想遵從這個世界上既定的常規……我打從心底愛著她們兩人，想要永遠和她們在一起並走向未來——我把這樣的想法全都表達出來。

「原來如此，隼人同學真的非常珍惜我的女兒們呢。」

「妳不覺得我這樣很沒節操嗎？」

「不會喔。我反而覺得很開心。」

「咦？」

這句話是什麼意思？

咲奈小姐用溫柔的眼神注視著我，同時以雙手撫摸我的臉頰，包覆住整張臉。

「對我來說，那兩個孩子是最為珍貴的寶物，是我重要的女兒們。隼人同學能這麼認真

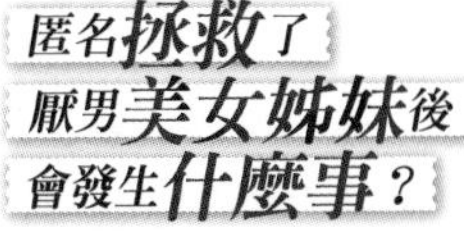

地為那兩個孩子著想，我怎麼可能不開心呢？」

「…………」

「那次震撼的相遇也是很大的原因呢。因為那件事在那兩個孩子心中深深地烙印了隼人同學的存在……當然，我也一樣。」

接著咲奈小姐使勁一拉，我不由自主地將臉埋進她過於豐滿的胸前。

縱使我理所當然地因為驚訝和害羞而試圖掙脫，咲奈小姐的力氣出乎意料地大，使我一時無法抽身。

「我只能幫隼人同學推一把，讓你向前走。但我真心希望你能好好照顧那些孩子。正因為對象是隼人同學，我這個做母親的也能由衷地感到安心。」

「咲奈……小姐。」

真是不可思議……明明直到剛才還一直在煩惱，現在卻感覺像是被輕輕地推了一把，看到了應該前進的道路。

「你的表情變得很不錯呢。我相信就算我不像這樣給你建議，隼人同學也能夠靠自己的力量向前邁進。」

「才、才沒有那種事啦……」

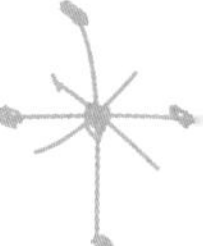

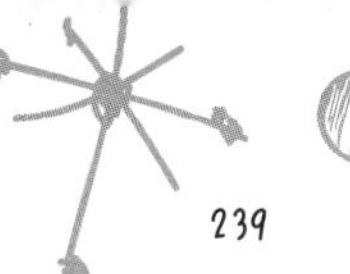

或許是因為我現在想要說的話有些難為情，不由得臉紅地低下了頭。

「怎麼了嗎？」

「…………」

不對，就算講出來也沒什麼問題，所以我直接豁出去了。

「那個……該說是咲奈小姐本身的氛圍嗎？妳願意陪我商量的這份溫柔讓我想起了媽媽，所以我不禁覺得咲奈小姐有點像我的媽媽。」

我說完這番話後笑了笑，看到咲奈小姐驚訝地睜大了雙眼。

當我納悶她怎麼了的時候，咲奈小姐突然抖了一下，隨後張開雙臂緊緊地擁抱著我。

「咕唔！」

由於她一鼓作氣地將我抱到懷裡，極為柔軟的東西與剛才同樣直接壓在我的臉上。

「媽媽……媽媽！可以喔，隼人同學！叫我媽媽也沒關係！倒不如說，你就這樣叫吧！來嘛、來嘛！」

「那、那個……！」

我情急之下拍了拍她的背，情緒亢奮的咲奈小姐立即冷靜下來離開我身邊。不過她的臉就像在暗示請忘記剛才的事情那般滿臉通紅。

「對不起……我一時太高興，不小心母性爆發了。」

母性爆發……這種形容我還是第一次聽到……

咲奈小姐冷靜下來後拉開了距離，此時我想到還有一件事要先告訴她。

「咲奈小姐，其實我還有件事想問妳。」

「沒問題，不論是什麼都儘管問吧——因為我是媽媽啊！」

「啊，好的。」

眼見咲奈小姐把手放在胸前緊緊握拳，我在有點傻眼的狀況下講出另外一件事。

「那個……先稍微拉回今天發生的事情。」

「好的。」

「當時我告訴她們兩個，並不是世界上所有男人都會讓妳們傷心，還是有那種會好好看著妳們的男人。我告訴她們至少我不是那樣，不會讓她們有那樣的感受……然而我現在覺得，這樣算不算把我的感受強壓在她們身上呢？」

當時她們笑著說「因為是我所以沒問題」……可是我稍微有些擔心。

咲奈小姐聽完我說的話後，以非常不以為意的態度說：

「我認為你並沒有強迫她們接受你的想法喔？基本上亞利沙和藍那並不是那種會盲目聽

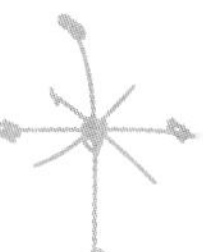

從別人話的孩子。假如她們笑著接受隼人同學的那番話，就代表那是她們真正的想法——所以沒問題，我相信隼人同學的話已經確實傳達到她們心裡了喔。」

「……是這樣嗎？」

雖然我並沒有直接向她們本人確認，卻不知為何感到非常放心。

鬆一了口氣後，我突然想起自己和咲奈小姐的距離近到可以接吻，便趕緊拉開了距離。

咲奈小姐似乎也理解了我的意思，她的臉頰瞬間泛起紅暈。

看著她這副模樣，儘管覺得不該對成熟女性有這樣的想法，我還是認為她真的很可愛。

我們結束了這樣的對話，亞利沙與藍那也終於從浴室回來了。

感覺敏銳的她們似乎注意到了我和咲奈小姐的反應，兩人一起以剛洗完澡的性感姿態走近我們逼問原因。

「我們洗好了……你們在做什麼？」

「媽媽，妳的臉紅得很厲害耶？」

「沒什麼啦！好啦，得繼續煮晚餐才行呢！」

咲奈小姐匆匆返回廚房，亞利沙和藍那則像與她交換一樣坐到我旁邊。

她們幾乎是以零距離的方式跟我坐在一起，剛洗完澡的香氣飄進鼻中，讓我頓時感到一

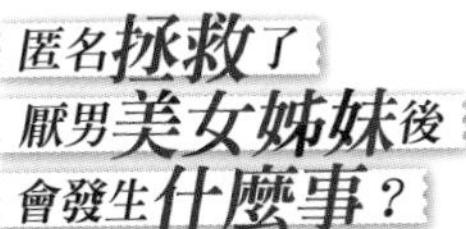

陣昏沉。

（……她們兩個都好性感啊。雖然早就知道了。）

她們的頭髮已經確實吹乾，身穿平時絕對看不到的睡衣，看起來新鮮且性感。

兩人都穿著需要扣釦子的睡衣，或許是因為身材太好的緣故，那高聳且豐滿的部分感覺很不自在地被困在睡衣內側。畢竟光是這樣就對眼睛有害，我不禁撇開目光。

「亞利沙，藍那，妳們能幫我接著準備晚餐嗎？我也要先去洗澡。」

「知道了。」

「好～」

咲奈小姐離開客廳，原本在我旁邊的兩人便站到廚房去了。

得救了。要是剛才那種令人心跳加速的狀況再持續下去，我不知道會變得怎麼樣。我想著既然這樣我也想去幫忙，便站了起來。

「隼人同學，你好好休息吧。」

「對啊，你可是客人呢。」

「啊，好的。」

我從她們的眼神中察覺接下來是她們的回合，便乖乖坐回沙發上。

於是時間就在這種令人坐立難安的氛圍中過去，咲奈小姐也在此時回來了。

這樣講不是很妥當，但是我從剛洗完澡的咲奈小姐身上感受到她們兩人無法相提並論的妖豔感，不禁覺得真不愧是她們的母親。

「隼人同學，煮好了喔。」

「請用、請用！」

「雖然稍微多煮了一些小菜，你不用客氣，儘量吃吧。」

「……哦！」

我們四人圍坐的桌子上擺滿了琳瑯滿目的菜餚。

「……好久沒看到餐桌上出現這樣的景象了……」

不好，這樣又會和之前吃咖哩的時候一樣了。

我為了轉換心情輕咳了一聲，之後開始享用她們煮的料理，然後回過神來發現自己已經不斷動著筷子大快朵頤。

「……好吃，真的好好吃。」

「謝謝誇獎。我很高興聽到你這麼說喔。」

「嘿嘿嘿，太好了♪」

「呵呵。」

用完餐後，我拜託她們起碼讓我幫忙洗碗。

亞利沙和藍那一開始依然拒絕，可是我堅持了一下，終於博得洗碗的工作。

「……家裡好久沒有這樣熱鬧了，真是不錯呢。」

咲奈小姐一臉溫馨地看著我們的互動，我也很開心她願意這樣想。

好啦，吃完晚餐後，我對今天發生的事情向她們表示感謝——不過我還有話要和亞利沙以及藍那談談。

「隼人同學，要加油喔。」

「好的。」

咲奈小姐把手放在我的肩上如此說，輕輕推了推我。

她們兩人聽到我們的對話後不禁感到困惑。接著我拜託她們稍微給我一些時間，三人便前往了亞利沙的房間。

「隼人同學竟然會待在我的房間，這種感覺真是不可思議。」

「其實去我的房間也可以啊。」

順帶一提，剛才決定房間時還進行了一場壯烈的猜拳對決。

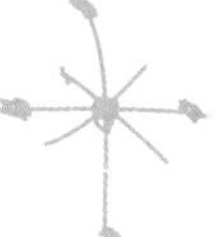

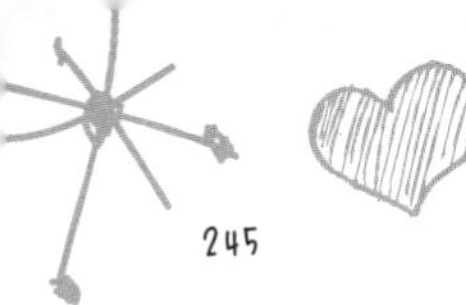

亞利沙的房間整理得乾淨整潔。沒有擺放任何女孩子應該擁有的玩偶之類的東西，家具之類全都統一成白色，給人一種清爽的感覺……該怎麼說，這樣的房間與亞利沙的氛圍非常相稱。

「總之先放個坐墊……請坐吧，隼人同學。」

「謝謝。」

我們圍坐在地板上的圓桌旁，她們兩人彷彿知道要談些什麼似的，坐在對面凝視著我。

「亞利沙、藍那，謝謝妳們。明明已經是晚上了，還像這樣騰出時間陪著我，聽我任性的要求。」

「沒有那種事啦。我反而希望能和隼人同學多待一會兒喔。所以沒有比這更令人高興的事情了。」

「姊姊說得沒錯。其實我本來還希望你乾脆在這裡過夜。這裡有我們在，我們會陪在你身邊。」

我只能苦笑，心想真是服了她們。

她們回應我的話語圍繞著我的心，要我沉溺在她們的溫柔與溫暖之中。

（……她們的聲音和氛圍該不會藏著某種魔力吧？）

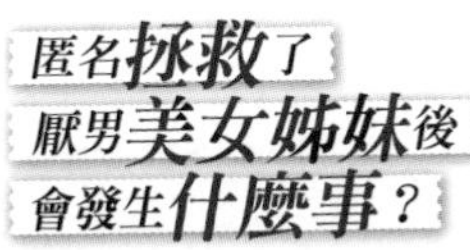

我不禁這樣想著，她們的存在就像某種令人沉醉的毒品。

然而與此同時，我也確實打從心底感到自在，所以才會找這個機會和她們交談。

「我——」

我剛要主動開口時，亞利沙說出「等一下」打斷了我。

先聽聽我們怎麼說——她與藍那互相點頭後先這麼說。接著又繼續說：

「我喜歡隼人同學，將來想要成為你一輩子的支柱。」

「我也喜歡隼人同學喔。我喜歡到想要生下隼人同學的孩子。」

「……那個——」

當聽到她們說出喜歡我的時候，我的心跳劇烈地加速。

不過當藍那接著提到想要生孩子時，那種心跳的感覺好像瞬間全沒了，但是我可以感受到她的認真。

然後她沒有停頓繼續說：

「重要的前提就是，我喜歡隼人同學。我無可自拔地愛著你，甚至認為成為你的支柱就是我活著的目的。如果被你說不需要，我可能會選擇默默地離開這個世界，我就是這麼思念著你。」

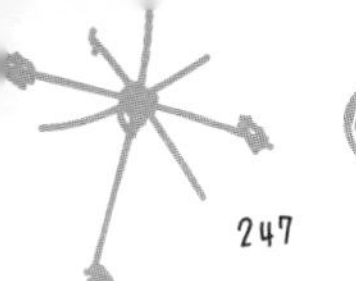

「我也要再說一遍，我喜歡隼人同學。我願意將一切都奉獻給你，想生下你的孩子，建立一個幸福的家庭，總之我想被隼人同學所愛……我喜歡隼人同學的心情總是讓我有這樣的想法。」

兩人的話中都充滿了強烈的情感。

她們表達的這些話語對我來說實在太過震撼，不禁讓我當場愣住了一會兒。

兩人看到我這樣的反應露出苦笑，隨後她們站了起來，就像要把我夾在中間般靠近我。

接著，首先是亞利沙握住了我的手，並且繼續說：

「當時我們已經放棄了一切，而你出現在我們的面前。你是不是覺得……是當時那件事束縛著我們呢？」

「…………」

這句話確實講中了我的心事。

「老實說這樣講或許也沒錯。不管是我、藍那還是母親，都把當時的事情深深烙印在腦海無法忘記。因為我們對於救了我們的你，充滿著永無止境的愛戀。」

藍那接過亞利沙的話也開口說：

「就是啊。從那個時候開始我們就愛上隼人同學，對隼人同學渴望到無可自拔。我想要

隼人同學，想要被隼人同學所愛……想要懷上隼人同學的孩子，這種感覺很辛苦喔？」

「為什麼藍那講的話每次都這麼極端啊！」

「咦？這很普通喲～♪」

普通……普通？不對，這根本不可能！

藍那的每一句話真的都在動搖我的內心，不過到了現在，她說的那種非比尋常的話反而讓我感到放鬆。

（……亞利沙說想成為我的支柱，藍那說想生下我的孩子……沒想到這些事情居然像這樣串連了起來。一開始聽到時根本沒想到這種事。）

亞利沙苦笑著說「你總是這麼突然呢」，並且更用力地握住我的手強調：

「隼人同學上次來這裡時，跟我們提到過家人的事吧？當時我們對你的印象是拯救了我們的救世主，然而我們發現你心中其實背負著沉重的悲傷。所以我們想填補你的悲傷，同時也希望你沉溺在我們對你的愛之中。」

「我們相信只要這樣做，隼人同學就絕對不會離開我們，反而很肯定你會因此打從心底渴望和我們在一起。我說得對嗎？隼人同學應該不想離開我們了吧？」

「……是啊。」

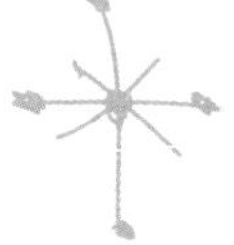

我點頭同意她們兩人所說的話。

我們的相遇絕不普通，不過也因為如此，才導致了現在的情況。

她們的氛圍、她們的溫暖……這一切都讓我不想離開她們身邊。

如今我想要沉溺在她們對我付出的所有一切當中。

「我……不想一個人。」

「是的，我明白。」

「嗯，我知道喔。」

她們就像要把我包裹起來那般緊緊抱住我。

好溫暖……溫暖到我想永遠沉溺在裡面，讓我覺得自己沉溺在名為愛的泥沼之中。我甚至覺得不僅是腳，連腰部與頭部在內的所有一切都被吞沒其中也無所謂。

「……不，這樣不行。」

「咦？」

「隼人同學？」

沒錯，這樣不行。

就算是因為我救了她們而開始了這一切，不行這樣一味地讓她們付出。

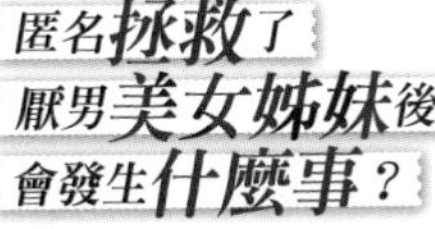

這樣的關係並不對等，所以我繼續說：

「不行讓妳們一直付出。我無法接受只有妳們兩人為我犧牲奉獻，所以我也想為妳們兩人付出，想要為妳們做些什麼。」

她們肯定會說沒有這種必要。

可是我要再三強調，這樣不行——即使她們想讓我沉溺於愛的泥沼之中，即使她們只希望我陪伴著她們也不行！

「就像在外面對亞利沙和藍那說過的一樣，我絕對不會讓妳們傷心。為了不讓妳們後悔喜歡上我，我也要成為一個值得讓妳們依靠的出色男人。」

「唔！」

「……啊♪」

雖然沒有那麼用力，我握緊她們的肩膀。

亞利沙與藍那筆直地回望著我，她們的眼神推了我最後一把。

「我也想要成為妳們兩人的支柱，想要保護妳們……不行只讓妳們一味付出。正因為如此，我想在自己的能力範圍內好好地照顧妳們。」

所以，我對妳們——

「我喜歡妳們，亞利沙、藍那——」

「隼人同學！」

「隼人同學！」

「咦！唔哇！」

就在說出喜歡這句話之後，還沒來得及感受到成就感，就被她們猛然推倒……倒也沒有，我還是勉強撐住了她們兩人的體重。

我被兩人緊緊擁抱，她們帶來的柔軟與溫暖讓我一時彷彿置身夢境一般。最後我如此告訴她們：

「……我希望妳們能一直陪在我身邊……不要離開我。」

「好的，我會一直在你身邊。」

「嗯，我會一直陪著你。」

「而且，我也想成為妳們的支柱。我愛妳們——亞利沙、藍那。」

「……這個有點危險呢。」

「嗯……現在肚子裡的感覺好刺激喔♪」

於是我們更加用力地擁抱在一起。

雖然是我的猜測，我可能已經無法從這份溫暖中脫身了吧。

因為不希望她們離開，我一直不自覺地把手伸向這份溫暖，然後我捉住了她們，同時也被她們捉住了。

（這種感覺還真是幸福。）

我完全沉溺其中。

對於她們這份深深的愛，我選擇沉溺其中，再也無法脫身。

「……那個，隼人同學。」

「嗯？」

「我和藍那自己都很清楚，我們的好意和一般人不同，帶有稍微陰暗的一面。」

「該怎麼說呢……我對隼人同學的愛已經到了近乎病態的程度。所以呢……」

她們就像要在我的雙頰發出「啾」的聲音那般親吻我，同時笑容滿面地凝視著我。

「從現在開始，我會好好侍奉你喔♪」

「從現在開始要生很多孩子喔！」

「喔！……嗯？」

等一下，雖然我一時衝動點頭答應了，這樣恐怕有些不妥吧？

「藍那，我知道妳的願望，可是我們還是高中生……得暫時忍耐一陣子喔。」

「咦～怎麼這樣！」

這段對話感覺有些危險，總之我最後還是想確認一件重要的事情，所以這樣詢問：

「那個……我這樣算是同時選擇了妳們兩人，這樣妳們可以接受嗎？」

「咦？這樣做有什麼不對嗎？」

「有什麼不好的地方……嗎？」

看來她們似乎一點都不擔心。

敬啟，親愛的爸爸和媽媽：

今天，我在人生中第二次交到女朋友了。

▼▽

當天晚上，亞利沙與藍那站在陽臺上仰望星空。

當初因為被強盜襲擊而遇見的那個男孩，她們後來完全確定那就是隼人，現在彼此已經是心意相通、相思相愛的關係……雖然他現在已經回家了，她們兩人依然興奮得難以入眠。

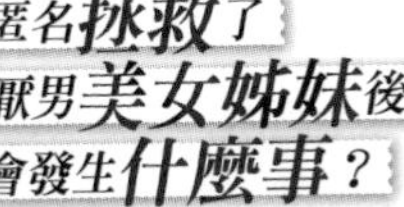

「藍那，現在我終於可以好好侍奉隼人同學了。」

「是啊。而且我也……呵呵♪」

亞利沙用手掩住臉頰吐出熱氣。相較之下，藍那因為想到將來會與隼人做的那種行為，不禁露出無法讓其他人看到的表情。

然而，藍那似乎也對亞利沙的想法有些意見。

「姊姊也是啦，雖然我能理解妳想要全心全意侍奉隼人同學的心情，想成為奴隸這種話最好還是留在心裡吧？」

「我知道啦。再怎麼說我也不會對本人說出那樣的話……不過——」

「不過？」

「想要成為你的奴隸，這句話聽起來不是很美好嗎？」

「……是這樣嗎？」

「這和藍那想要為他生孩子的那種話是一樣的吧。」

「咦？」

彼此對隼人的感情都很深厚，所追求的目標卻似是而非。

亞利沙只想成為隼人的奴隸，而藍那則想要孩子。

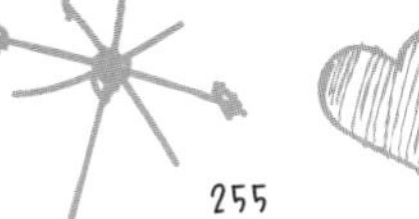

儘管這是她們各自愛情的一種體現，幸運的是她們也理解這份愛有多麼沉重。

「不過，即使愛很沉重，還是要取決於心意呢。我們並不打算束縛隼人，只是希望他能毫無保留地接受我們的愛。」

「是啊。不過我們現在只是站在起跑線……為了不讓他後悔選擇我們，就讓我們努力成為他的支柱吧，藍那。」

「嗯！」

藍那點頭贊同亞利沙的這番話。就在這時，風彷彿看準了時機那般吹過她們。

儘管這只是讓她們的頭髮輕輕晃蕩的微風，目前時序已邁入十二月，夜晚開始變得相當寒冷。

「好冷！我要去姊姊房間！」

「為什麼啊……算了，妳就來吧。」

在得到允許之前，她已經衝進亞利沙的房間。看在亞利沙眼裡，她只是一個想到隼人就會興高采烈的可愛妹妹。

就像之前一樣，她們依偎在一起坐在床上，這時藍那好似想到了什麼，露出柔和的笑容開口說：

「不過，真是完全沒想到隼人同學會對我們說那種話呢。」

「就是說啊……只是回想起來就讓人心跳加速。」

隼人說只有她們一味付出是不行的，接著又表達了他的決心，這樣的舉動完全射穿了她們兩人的心。

光是那句話就已經讓她們倍感開心，與此同時，他在外面所展現的行為也深深地刻在了她們的腦海中。

「我對那個孩子的爸爸真的很失望，也覺得男人果然都是一個樣。不過，我沒有因為隼人同學同樣都是男人而討厭他……儘管如此，隼人同學當時拚命要告訴我們的那番話讓我很開心。」

「是啊。老實說，我看著有點手忙腳亂的隼人同學，不禁覺得他好可愛呢。不過後來那股愛意差點就爆發出來，從那之後就一直有種想要擁抱隼人同學的衝動呢。」

即使沒辦法把話整理好，隼人依然努力地表達自己的想法，那個樣子對她們來說真的是太可愛了。

雖然就像亞利沙說的那樣，她們對於那位父親真的感到非常失望，然而若是能因為那起事件而引出隼人真誠的話語與心意，那麼那次相遇也並非都是壞事。

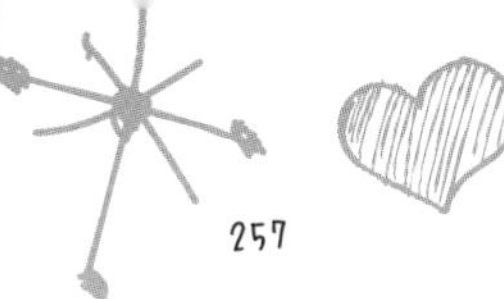

「隼人同學也說過，我們確實是因為發生過那件事才會對他感興趣並喜歡上他。不過這份感情絕不是一時興起，我們了解了隼人同學的各種面向，現在知道這份感情絕無虛假。」

「是啊。縱然一開始是看到他寂寞的一面才想要幫他填補，我們現在是真心被隼人同學的人品所吸引。我真的很高興能喜歡上他……這個決定沒有錯♪」

因為吊橋效應與當下的氛圍使然，再加上那令人震撼的體驗，這樣的緣分絕不平凡。

即使這樣，內心的這份愛也沒有虛假，她們的心意開花結果，與隼人建立了匪淺的關係，也是毋庸置疑的事實。

「藍那，從明天開始我們要好好愛著隼人同學。」

「是啊。當然並不是單方面的，我們也要被愛。」

「是啊♪」

「嘿嘿嘿♪」

她們兩人純真且可愛的笑容肯定會受到眾人著迷……然而不容忘記的是，這兩人在這美麗微笑的下面，有著與一般人不同的沉重情感。

「隼人同學，我會比以前更努力侍奉你。」

「隼人同學，我們可以更加深入地愛著彼此呢。還有……呀♪」

毫無疑問，未來有無限的幸福在等著隼人。不過與此同時，他與她們之間肯定也會發生大事吧。

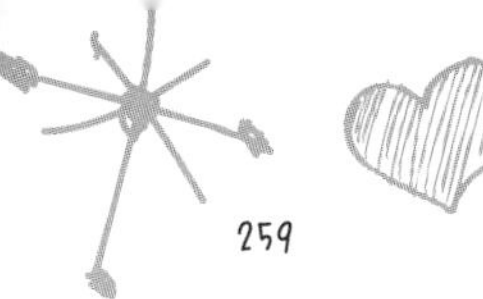

終章

otokogirai na bijin shimai wo namae mo tsugezuni tasuketara ittaidounaru

「隼人。」

「……咦？」

這個狀況非常突然。

當我聽見熟悉的聲音後回頭一看，站在那裡的是我永遠不會忘記的母親。

「媽……媽？」

「對。好久不見了，隼人。」

為什麼媽媽會在這裡……雖然我原本這樣想，立刻就意識到這是一場夢……不，這個情況下應該要說竟然是一場夢。

眼前的媽媽是因病離世之前那一如既往的模樣。我好像忘記了自己已經是一名高中生，一下子就向她飛奔過去。

「哎呀哎呀，隼人還是一樣愛撒嬌呢。」

「要妳管……明明是妳自己擅自離開。」

「……對不起。」

不對，我想說的並不是這種話。

就算這不是現實，只是一場虛幻的重逢，我都再次見到媽媽了，與其在這邊吐苦水，應該還有更多想告訴她的話吧，隼人！

「不，要道歉的人是我，媽媽。其實我還有很多話想告訴妳。」

「隼人……呵呵，你真的變堅強了呢。」

「自從媽媽和爸爸離開後，雖然有外公和外婆的幫忙，我一直都是獨自生活。這樣的話，我當然得堅強起來吧？」

「說得也是呢。嗯，你果然是個堅強的孩子。」

我根本不堅強……因為我現在隨時都會哭出來。

我努力忍住淚水，直視著母親真誠地表達內心的感受。

「我有時確實會感到寂寞，可是也發生了許多開心的事情。受到朋友的照顧、外公和外婆也很為我著想……而且……」

「你找到了重要的人對吧？」

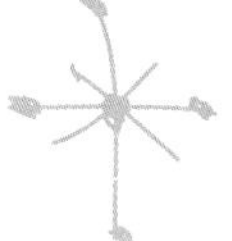

「……嗯。我自己也很驚訝……總之我找到了那種想要成為她們的支柱，又想要沉溺在她們愛情之中的人。」

「聽起來是很好的孩子們嘛。這讓我湧起一絲親近感呢。」

「……嗯？」

「呵呵呵♪」

那個……嗯，還是別問得好。

與媽媽久違的重逢意外地短暫，我不禁意識到差不多是時候醒來了。

「大概差不多了呢。」

「…………」

我想要大聲告訴媽媽，還想要……還想要和她再多聊一會兒。

可是那樣會讓媽媽困擾，我現在必須要做的是讓媽媽安心。

「媽媽……我會努力的。所以請妳放心，和爸爸一起守望著我吧。」

「……隼人。嗯，我知道了。」

「話說為什麼爸爸不在啊？只有媽媽一個人，他也太冷淡了吧。」

「就是啊。那個人到底在做什麼啊。」

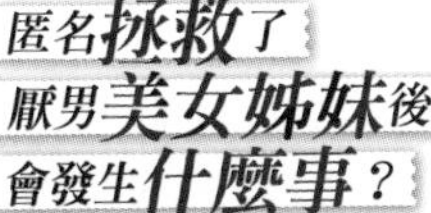

好了，差不多該告別了。

今後或許還會再發生像這樣偶然引起的奇蹟，與媽媽的相遇想必也不會是最後一次。

所以，我要相信能再次見面，現在就用笑容道別。

「那麼媽媽，我走嘍。」

「嗯。隼人！」

「嗯？」

「我愛你。你作為我們的兒子來到這個世界，我真的很高興……很幸福！」

「……唔！」

別在最後說這種會讓人掉眼淚的話啊——我本來想大聲講出這件事，卻在這時醒來了。

▼▽

「媽媽！」

「哇哇！」

「……咦？」

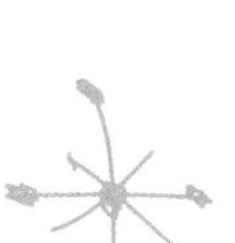

我不自覺地擁抱著眼前的存在。

雖然我因為不應該聽到的聲音感到詫異，像這樣能緊緊抱住的觸感實在很舒服，於是我加強了抱緊的力道，將臉埋在這個彈力之中。

「這個……真不錯呢。好想一直這樣待著。」

觸感驚人地柔軟，再加上不僅溫暖，還散發出好聞的香氣，讓我無法離開。

但是保持這樣的姿勢一會兒後，我的腦子逐漸清醒過來，思考也開始追上現狀。

「這是……胸部嗎？」

「哈哈哈，隼人同學真是大膽呢♪」

「唔！」

當我冷靜地說出「胸部」這個詞的瞬間，一位女孩開心的聲音震撼了我的耳膜。

我立刻想要拉開距離，眼前的存在卻緊緊地將我的頭埋進那豐滿的胸前，就像在表示不允許我離開一樣。

「藍、藍那？」

「嗯，早安，隼人同學♪」

在某種意義上，也可以說一大早醒來就很幸福吧……等等，這下糟糕了！我頓時拚命地

試圖掩飾某個狀況。

（糟糕……早上的生理現象來了！）

如果要詳細解釋我和藍那現在的姿勢……

首先，我躺在床上，而藍那則像騎馬那樣坐在我身上。她甚至把上半身往前傾，將她的身體緊緊壓在我身上……而且她的腰部位置實在很不妙！糟糕到了極點！

「藍、藍那同學？能稍微讓開一下嗎……」

「啊嗯♪隼人同學真是的，在胸部裡面這樣說話會讓我很癢啦。不過我一點也不討厭，反而很開心喔♪」

對於這點我也很開心，但是不是這樣啦！

藍那在抱緊我的狀態下開心地搖晃身體，可是這麼做的同時她的腰也不斷地小幅度擺動，刺激到我那個精力充沛的小兒子。

「……哎呀？」

「啊……」

藍那好像察覺到什麼，突然將一隻手伸向背後。

眼見她彷彿在確認著什麼而不斷觸摸的樣子，我的臉色慢慢變得鐵青——然後，那個時

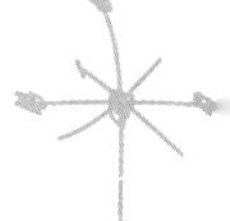

刻終於到來了。

「……啊，原來是這樣啊？呵呵，隼人同學真是好色♪」

「……唔喔喔喔喔喔。」

雖然藍那沒有採取積極的行動，她溫柔地透過褲子觸碰著那裡，讓我的感覺慢慢變得不太對勁。

就在這時藍那終於放開，讓我的頭脫離她的胸口，然而她仍然保持騎在我身上的姿勢。

「欸，隼人同學。」

藍那目不轉睛地注視著我，並且伸出舌頭說出這樣的話：

「我們已經是情侶了對吧？所以沒問題的，就算是色色的事情我也可以幫你。應該說，不做嗎？」

我聽到這句話，立刻果斷地以溫柔的方式推開藍那。

縱然藍那顯得有些不滿，如果就這樣隨波逐流，後果肯定不堪設想。

真虧自己能堅持住——我如此稱讚自己後，重新正視藍那。

「早安，藍那。」

「嗯，早安，隼人同學！」

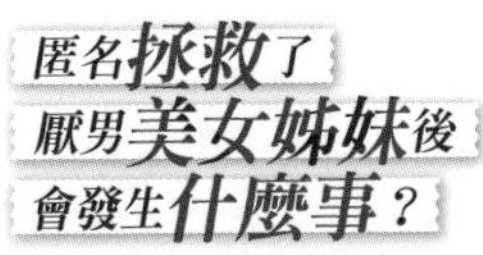

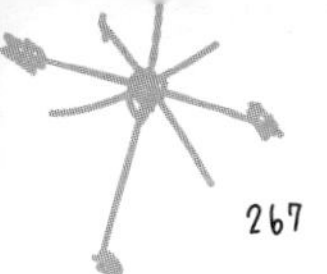

我抱住她時不小心稍微弄亂了她的制服，不過藍那毫不在意地整理好。

可是，她很快露出了擔心的表情。

「隼人同學，你剛才說夢話時喊著『媽媽』，你作了什麼夢嗎？」

「啊～」

藍那那不安的表情很明顯就是在擔心我，好在那並非什麼悲傷的夢，所以我笑了笑說：

「沒什麼啦。」

「並不是什麼會讓人傷心或寂寞的夢啦。雖然只是夢……我見到了久違的媽媽。我把妳們兩個的事情告訴她後，她笑了喔。」

「……嘿嘿嘿，這樣啊。」

看到藍那開心地笑著，我頓時感到放心，然後走下床鋪前往客廳。

當我推開房門，迎面而來的是美味早餐的香氣。穿著圍裙的亞利沙就像久候多時那樣，停下手中的工作快步走來。

「早安，隼人同學。」

「早安，亞利沙。」

一大早就遇見兩位秀麗端莊的美少女，開啟奇蹟般的一天。然而其實這裡並不是她們的

家，而是我家，為什麼她們會在這裡呢？事情非常簡單。

「總覺得我已經很習慣早上醒來就看到妳們兩個了。」

「哈哈哈♪要是沒辦法習慣，那就傷腦筋了。因為我們以後會一直在一起嘛。」

「就是啊，隼人同學。從現在開始我們會更常在一起。」

兩人紛紛這樣說，然後拿出這間房子的備用鑰匙。

至於藍那，不知為何竟然是從她的乳溝拿出鑰匙，不過我選擇先不理會這個動作……總之，由於建立了新的關係，我把家裡的鑰匙交給了她們。

這樣一來她們可以隨時進入這個家，更重要的是我自己也很高興。

「一大早就能看到我們在身邊，還有飯菜的美味香氣迎接……看到你一臉開心地說著這種話，我們也會更加努力。隼人同學，我是否幫上你的忙了呢？」

亞利沙如此詢問，等待著我的回答。

她身上流露出來的氛圍，讓我不禁覺得那就像對主人死心塌地搖著尾巴的小狗。

「……嗯，那個……是啊。」

「啊啊……我好幸福，隼人同學♪」

她們是我重要的女朋友，我並不想從是否能幫上忙的角度來討論這個問題，可是……或

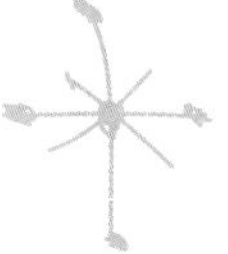

許是亞利沙非常想要為我派上用場，所以經常問我這樣的問題。

（……儘管感到很困擾，更令人在意的是……和她們在一起的空間實在是太過甜蜜。）

我在凝視著亞利沙的同時想著這樣的事情，此時藍那突然「咚」的一聲從背後抱來。

「好了，隼人同學，快點吃早餐吧？上學要遲到了。」

「知道了……話說妳不放開嗎？」

「……嗯～我想再這樣待一會兒。」

緊貼在背後的藍那不願意離開我。

雖然感覺她好像在不斷聞著我的味道，藍那經常像這樣黏著我。

該怎麼說，總之藍那經常透過肢體接觸來傳達她那豐滿的身體觸感。

「隼人同學……你好棒……呼～♪」

「…………」

聽到她那妖豔的聲音，我不禁心動了一下。

話雖如此，現在必須趕快吃完早餐去上學才行，所以藍那很快就放開了。

之後，我們一同享用了她們煮好的早餐，就在做好準備要離開家時，藍那去了一趟廁所，我和亞利沙只好稍等片刻。

「隼人同學。」

「嗯？」

「今天也可以和我說那句話嗎？」

「……啊～」

她希望我今天也能說出那句話，聽到之後我搔了搔頭。

眼見她目不轉睛地盯著這邊等我說話，我頓時承受不了這股壓力，很沒自信地說出了那句話。

「今天也謝謝妳，亞利沙。不愧是只屬於我的女人。」

「……啊啊♪」

聽到我的一番話，亞利沙開心地扭動著身體。

一開始她希望我能稱她為「我的東西」。雖然她如此提議，即使是開玩笑也好，我實在不想稱她為物品，於是就變成這樣了……不過看來亞利沙似乎滿心歡喜。

「……亞利沙。」

「咦？……唔嗯。」

看到她那麼可愛的舉止，我就不禁想親吻她。

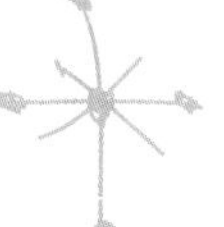

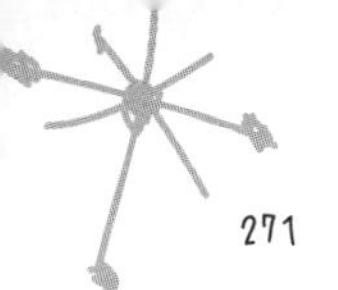

應該說剛才藍那讓我稍微點燃了慾望，或是興奮的情緒尚未退去的緣故。

「……呼。」

「呵呵，隼人同學一大早就好熱情喔。」

儘管是個突如其來的吻，亞利沙也肯定不會拒絕，甚至還要求多纏綿一會兒。

我順應她的要求繼續親吻她，這時候藍那剛好回來並撞見這一幕。我也親了她之後，便一起出門了。

「真的……好幸福啊。」

我與她們漫步在相同的風景裡喃喃自語。

自從沉溺於她們的愛意、立誓要成為她們支柱的那天起經過了幾天，學期末的期末考已經結束了。

和她們一起念書發揮了功效，雖然還沒公布成績，答題的手感不錯，應該可以舒服地迎接高中第一個寒假。

（……寒假啊……）

雖然寒假與新年假期沒有暑假那麼長，也算是個長假，只是這段期間應該無法頻繁和她們見面吧？只要想到這點就覺得有些寂寞，不過我實在沒辦法任性地說想要天天見面。

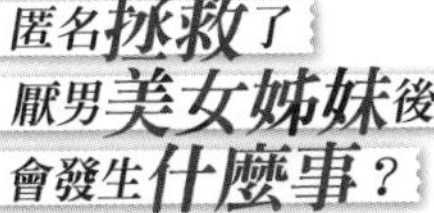

「嗯？」

前往學校的途中，對向有一輛腳踏車以飛快的速度衝過來。

亞利沙就在那輛腳踏車的行進路線上，我幾乎是下意識地溫柔抓住亞利沙的手臂，把她抱到懷裡。

亞利沙本來一臉驚訝，然而很快就明白這是為了閃避腳踏車，露出意會過來的表情。儘管如此，她還是對我的舉動感到欣喜而噗哧一聲笑了出來。

「就是這種地方呢。對不對，藍那？」

「對啊。」

我自己倒是覺得再普通不過。

之後接近學校的時候，她們離開我先走，我也隨後前往學校。

雖說我們建立了新的關係，在學校的距離感還是一如往常。

我、亞利沙還有藍那三人同時交往的這段關係，從社會的角度來看顯然不正常。我理解這點——正因為如此，我們絕對不會把這段祕密關係公諸於世。

「……可是，我真的快被她們融化了啊……」

縱然我們在學校的確是以陌生人的身分生活，那股後座力只要一放學，便會一口氣湧上

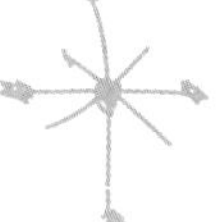

心頭。

最近我放學後就往她們家跑的情況也變多了。因為只要穿過玄關，她們就會把我當作男友對待，猶如整個世界都翻轉了。

「呵呵，真是美好的景象呢♪」

放學後我來到新條家，今天咲奈小姐的工作似乎也提早結束，所以待在家裡。打過招呼之後，亞利沙與藍那便馬上過來摟住我的手臂。

「……雖然我慢慢習慣了，果然還是覺得很難為情。」

在她們母親的注目之下卿卿我我，實在羞得想找個洞鑽進去。然而咲奈小姐始終笑咪咪地看著我們。

順帶一提，亞利沙與藍那兩人為我獻上如此甜蜜的時光是理所當然的，不過咲奈小姐有時也會忽然發揮成熟的包容力對待我。那方面有時候也會讓我難以招架。

「……不過實在是幸福極了啊。」

沒錯，我由衷感到幸福。

每當想起家人難免會感到寂寞，但是她們給予我的溫暖，幾乎讓我沒有時間低頭沮喪。

「亞利沙、藍那，謝謝妳們。我非常幸福……所以我也要繼續成為妳們的支柱。今後就

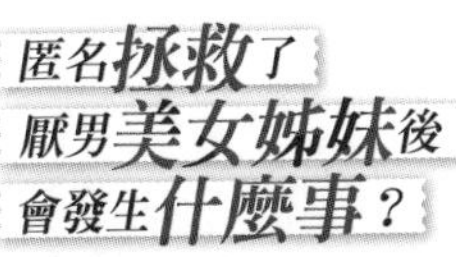

永遠麻煩妳們關照嘍？」

這番肉麻話一說出口，她們便使勁點點頭。

「好的！」

「當然沒問題！」

除了幸福之外，辛苦的事想必也不少。

我在心中堅定地發誓，不管發生任何事都沒問題，無論遭遇什麼障礙我們都會克服。

「對了，隼人同學。」

「嗯？」

「寒假沒什麼機會見面好寂寞喔！——你早上是不是這樣想了？」

「妳怎麼會知道？」

「當然知道啊♪只要是關於你的事，我就無所不知……你儘管放心喔。因為我和姊姊想了很多方法。」

「亞利沙也知道？」

我的視線移到亞利沙身上時，她點了點頭。

「沒錯。所以我們想幫你安排一段片刻都不會感到寂寞的時光……把冬天的寒冷都吹到

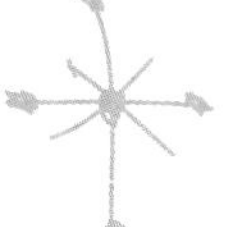

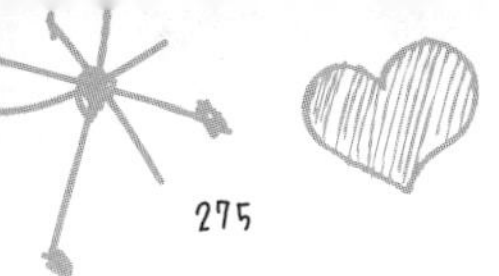

九霄雲外。」

她的聲音灌注了深深的情意，其實我暗自覺得有些可怕。

剛才發生的天大狀況也是，讓我覺得誇張到了極點……說不定與她們交往的日子最好繃緊神經才是上策。

「隼人同學，我喜歡你。」

「我喜歡你，隼人同學。」

否則……

（……我可能真的會被搞成一個廢人。）

我在寒假前夕懷抱著奢侈的憂慮……然後一邊用肌膚感受她們兩個重要存在的體溫，一邊思考著這件事。

後記

初次見面的讀者幸會，非初次見面的讀者也請容我作個自我介紹。

我是みょん——名字沒有什麼特殊意義。

硬要說的話，這是隨便取的名字，真的沒有意義（笑）。

剛好一個月前，我也有一部作品同樣由Sneaker文庫出版，然後現在這部關於美女姊妹的小說也出版自相同書系，令我感受到冥冥之中的命運。

原本這部作品是カクヨム網路小說大賽漫畫獎的得獎作品，不過在討論過程中主辦單位建議我務必以小說的形式出版，經過我首肯之後，便獲得了這次的機會。

我了解到一部作品的書籍化作業對我來說是艱辛的工程。當我要把兩部作品書籍化的時候，說實在我真的不知如何是好……不禁擔心自己的能耐。

這點我在另一部作品的後記也提過，優秀的編輯真的對我照顧有加。

只要我有擔心的地方，編輯都會立刻傾聽我的意見；針對作品精準地指出問題所在；把

otokogirai na bijin
shimai wo namae
mo tsugezuni tasuketara
ittaidounaru

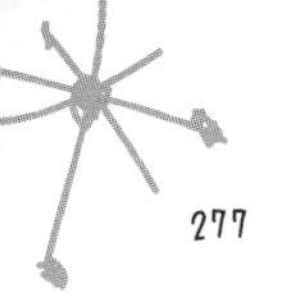

角色的感覺確實傳達給執筆的插畫師，然後欣賞完成的插畫，一起雀躍欣喜……體驗了數不清的過程。

這部作品僅憑我一己之力絕對無法完成，我認為這無疑是我與編輯兩人三腳合力才能夠完成。

或許獨自就能完成作品的作家實在很酷，不過至少我重新認識到那對自己來說是一件難事。正因為如此，我可以藉由仔細琢磨內容並吸收意見來一步步完成作品……能夠得知這個方法真的對我有很大的幫助。

好了，嚴肅的話題到此為止。

各位讀者覺得本作的女主角亞利沙與藍那如何呢？

我很滿意她們的設定，病嬌姊妹可愛動人、性感，而且會給予令人想沉溺其中的愛。甜美又不失性感，性感又不失甜美……雖然這句話有些語病，大家要小心她們的這些特質。「這樣的女生應該不只是我，或許連各位讀者也會喜歡」——我秉持著這樣的想法寫出她們。

另外，本作是由ぎうにう老師負責為美女姊妹畫插畫，真的受到老師不少關照。

老師甚至直播了封面插畫的繪製過程，當時有機會稍微聊了一下，不但聊得相當愉快，

而且老師還在直播中幫忙宣傳作品，實在是由衷感謝老師。

最後，感謝各位把這本美女姊妹拿在手中。

假如各位想看後續，即使是利用社群網站等媒介傳私訊給我，我也會很開心，請各位多多益善（笑）。

然後，要是能出續集，接下來的故事……當然是隼人、亞利沙與藍那恩愛的日常生活，以及還不確定是否會增加的部分。但願也有機會寫出咲奈小姐的生活……好想寫喔，拜託請讓我寫吧！

以上是我的後記，這次真的非常感謝各位！

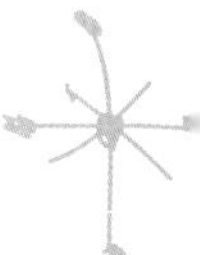

轉生為睡走情色遊戲女主角的男人，但我絕不會幹這種事 1~2 待續

作者：みょん　插畫：千種みのり

斗和同學一直以來都會說出我最想聽見的話。
悖德濃厚，而且純粹的戀愛故事第二集！

斗和轉生為情色遊戲的NTR男，然而遊戲還沒開始，眼神陶醉並醞釀出甜美氛圍的女主角絢奈就會像女友般向斗和撒嬌……不過斗和也知道身邊幸福笑著的她沒有忘記要對修復仇。想轉動絢奈停住的時間，與她一起前進，那裡肯定有自己轉生過來的意義。

各 **NT$220~240/HK$73~80**

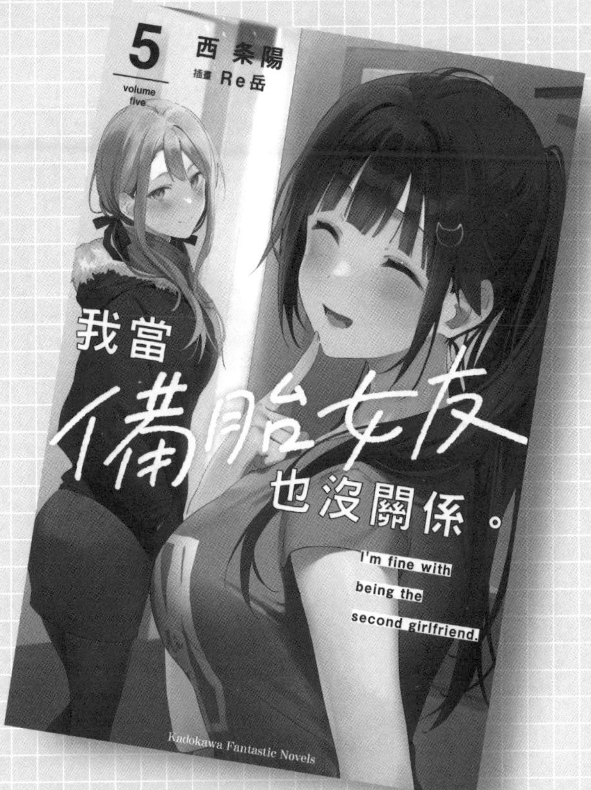

我當備胎女友也沒關係。 1~5 待續

作者：西 条陽　插畫：Re岳

處在對過去的悔恨以及嶄新的戀情夾縫間
搖擺不定的大學生篇揭開序幕！

　　在那之後過了兩年。我逃跑似的就讀京都的大學過著壓抑的生活。但是，在遠野晶和宮前栞兩個女孩，以及願意接受我這種人的朋友幫助下，日子逐漸變得多采多姿。希望這個舒適的男女團體能夠永遠持續下去，這次我絕對不會陷入愛情之中⋯⋯

各 **NT$240~270/HK$80~90**

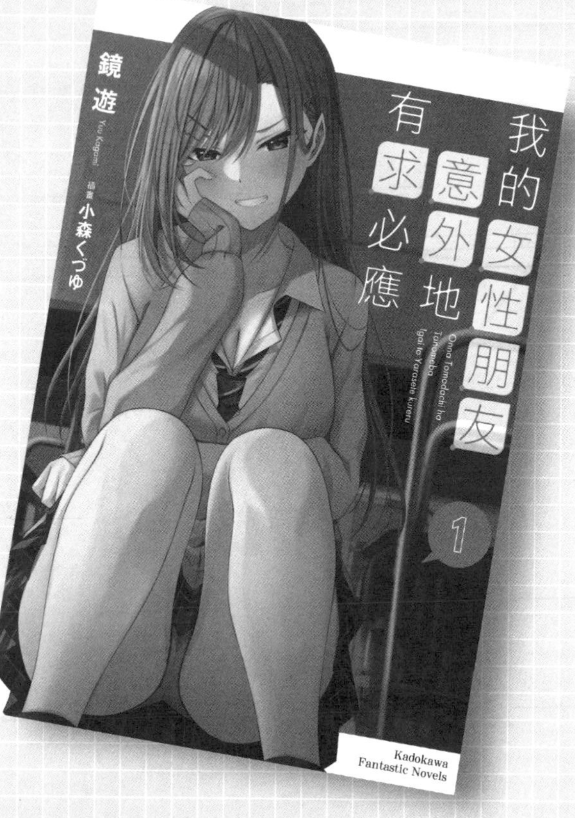

我的女性朋友意外地有求必應 1 待續

作者：鏡遊　插畫：小森くづゆ

「拜託了——讓我看看妳的內褲吧！」
「看、看了又能怎樣？」

美少女辣妹葉月葵與平凡的高中生湊壽也，是放學後會到對方家玩的好朋友。某天湊卻突然提出要葉月給他看內褲的要求。儘管葉月起初不情願，卻在強調「人家可不是你的女朋友喔」後，捲起裙子。從那天開始，湊的「拜託」便越來越過分，最後終於……！

NT$260/HK$87

不起眼的我在妳房間做的事班上無人知曉 1~3（完）

作者：ヤマモトタケシ　插畫：アサヒナヒカゲ

三人的戀愛故事在暑假終於有了結果！
遲遲無法給出答案的遠山最後的選擇是!?

遠山與高井在圖書館約會，又與上原一起去大學校園開放日，度過了一個既內疚又充實的暑假，雖然他有自覺不能一直持續目前的曖昧關係，卻始終無法給出一個明確的答案。某一天，由於高井的姊姊伶奈的邀約，三人突然要前往沖繩旅行……

各 **NT$220~250/HK$73~83**

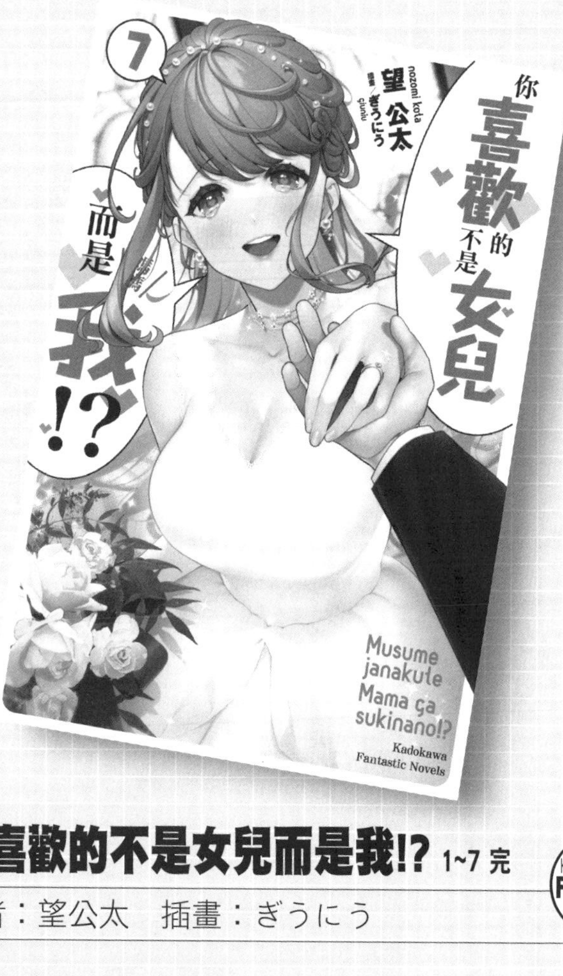

你喜歡的不是女兒而是我!? 1~7 完

作者：望公太　插畫：ぎうにう

獻給所有年長女主角愛好者的
超人氣年齡差愛情喜劇，終於完結！

我和阿巧在東京同居的這段時間……不小心有孩子了。突如其來的懷孕，把我們的關係連同周遭其他人一口氣往前推進。即使如此，一切仍舊美好。各種決定、各自的想法、無法壓抑的感情。懷著許多回憶與決心，彼此的結局將會是──

各 **NT$200~220/HK$67~73**

自從能夠讀取他人祕密後，我的校園戀愛喜劇就此開演 1~2 待續

作者：ケンノジ　插畫：成海七海

欸，學校泳裝——你喜歡嗎？
君島和高宇治拉近距離，她哥哥卻阻擋兩人!?

就在我看得見他人的祕密（狀態欄），從花美男學長手裡奪回單戀的高宇治同學以後經過幾天。當我和她放學後走在回家路上，途中出現的人是——高宇治同學的哥哥！她哥哥反對她和男生當朋友，當我以為大勢已去時，她哥哥卻提出一個條件……

各 **NT$220/HK$73**

除了我之外，你不准和別人上演愛情喜劇 1~6（完）

作者：羽場楽人　插畫：イコモチ

兩情相悅的兩人遇到最大危機!?
愛情喜劇迎向波瀾萬丈的完結篇！

經過文化祭上的公開求婚，我與夜華成為公認情侶。我們處於幸福的巔峰，然而情況急轉直下。夜華的雙親回國，提議一家人移居美國？夜華當然大力反對，但針對是否赴美的父女爭執持續不斷……只是高中生的我們，難道要被迫分離嗎？

各 **NT$200~270/HK$67~90**

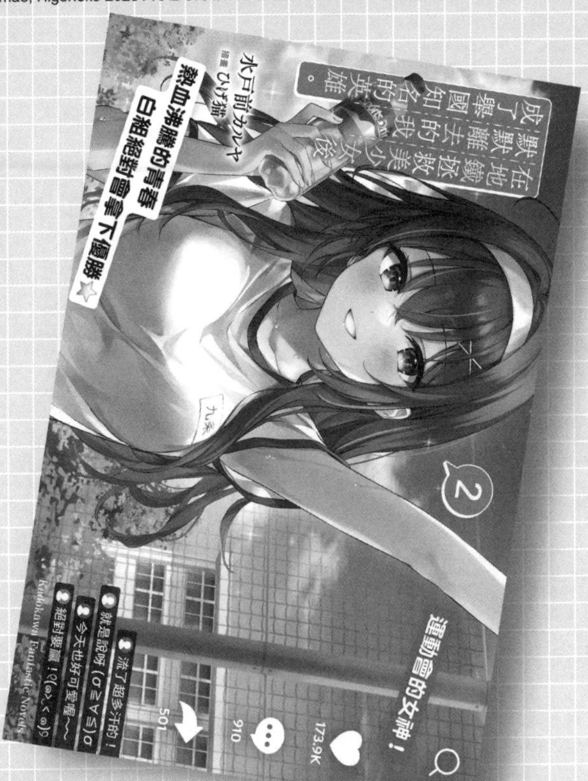

在地鐵拯救美少女後默默離去的我，成了舉國知名的英雄。1~2 待續

作者：水戸前カルヤ　插畫：ひげ猫

濫好人英雄的學園戀愛喜劇，
愛情發展也很火熱的運動會篇揭開序幕！

雛海不知道自己的救命恩人正是涼，就這樣與他慢慢地加深感情。而時值眾人正在準備與他校聯合舉辦的運動會，名叫草柳的男人突然現身表示：「那天的英雄就是我。」得知草柳以恩人之姿積極接近雛海的卑劣目的後，涼為了保護她而在背地裡展開行動……

位於戀愛光譜極端的我們

KEIKENZUMINAKIMITOKEIKENZERONAOREGAOTSUKIAISURUHANASHI

6

長岡マキ子

插畫／magako

Kadokawa Fantastic Novels

位於戀愛光譜極端的我們 1~6 待續

作者：長岡マキ子　插畫：magako

你該不會……到現在還是處男怪吧……？
大受好評青春群像劇進入大學生篇！

一起度過燦爛時光的同伴們都已踏上各自的道路。月愛當然也開始按自己的步伐往前奔跑。然而，我的心意仍舊與當時一樣。這次是距離上集結尾……三年後的故事！咦咦？月愛和龍斗……變得如何了呢？請放心，這次依然是大家一起揮灑青春！

各 **NT$220~250/HK$73~83**

救了想一躍而下的女高中生會發生什麼事？ 1~4（完）

作者：岸馬きらく　插畫：黒なまこ　角色原案、漫畫：らたん

塑造出結城祐介的過去及一路走來的軌跡終將明朗。
加深兩人愛情與牽絆的第四集——

寒假第一天，兩人接受結城母親的邀請，前往結城老家。神色緊張的小鳥第一次見到了結城性格爽朗的母親，以及與哥哥截然不同，總是閉門不出的弟弟。不僅如此，甚至還出現一個宣稱自己喜歡結城的兒時玩伴……？

各 **NT$200~220/HK$67~73**

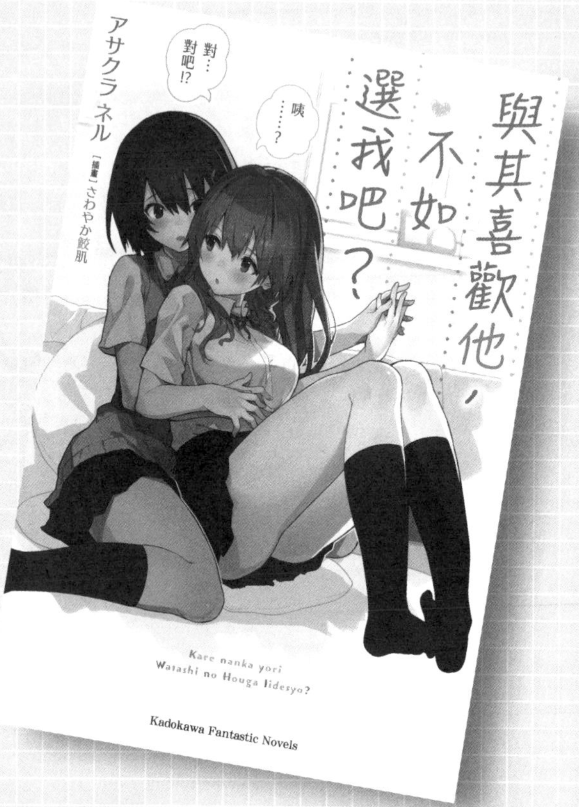

與其喜歡他，不如選我吧？

作者：アサクラ ネル　插畫：さわやか鮫肌

即使她有喜歡的男生我也要攻略她
臉紅心跳的百合戀愛喜劇揭開序幕！

從小就認識的少女堀宮音音有了喜歡的男生。雖然同是女生，但水澤鹿乃喜歡音音。不知不覺間，音音在鹿乃心中的地位已不只是單純的摯友。儘管如此，鹿乃在百般煩惱後的結論卻是：「就算得不到她的心，也還有機會得到她的身體⋯⋯！」

NT$220/HK$67

國家圖書館出版品預行編目(CIP)資料

匿名拯救了厭男美女姊妹後會發生什麼事?/みょん作 ; 捲毛太郎譯. -- 初版. -- 臺北市 : 臺灣角川股份有限公司, 2024.04-
　冊 ;　公分. -- (Kadokawa fantastic novels)
譯自 : 男嫌いな美人姉妹を名前も告げずに助けたら一体どうなる?
ISBN 978-626-378-770-4(第1冊 : 平裝)

861.57　　113001903

Kadokawa
Fantastic
Novels

匿名拯救了厭男美女姊妹後會發生什麼事？ 1

（原著名：男嫌いな美人姉妹を名前も告げずに助けたら一体どうなる 1）

2024年4月24日　初版第1刷發行

作　　者：みょん
插　　畫：ぎうにう
譯　　者：捲毛太郎

發 行 人：台灣角川股份有限公司
總　　監：呂慧君
總 編 輯：蔡佩芬
主　　編：林秀儒
編　　輯：彭曉凡
設計指導：陳晞叡
美術設計：黃永漢
印　　務：李明修（主任）、張加恩（主任）、張凱棋

發 行 所：台灣角川股份有限公司
地　　址：104台北市中山區松江路223號3樓
電　　話：（02）2515-3000
傳　　真：（02）2515-0033
網　　址：www.kadokawa.com.tw
劃撥帳戶：台灣角川股份有限公司
劃撥帳號：19487412
法律顧問：有澤法律事務所
製　　版：巨茂科技印刷有限公司
I S B N：978-626-378-770-4
